若见

刘金恒 ◎著

时代文艺出版社
SHIDAI WENYI CHUBANSHE

图书在版编目（CIP）数据

若见 / 刘金恒著. -- 长春 : 时代文艺出版社,
2024. 11. -- ISBN 978-7-5387-7644-7
Ⅰ. I227
中国国家版本馆CIP数据核字第2024CR1394号

若见
RUO JIAN
刘金恒　著

出 品 人：吴　刚
产品总监：郝秋月
责任编辑：焦　瑛
文字整理：海　月
装帧设计：王　哲

出版发行：时代文艺出版社
地　　址：长春市福祉大路5788号　龙腾国际大厦A座15层 （130118）
电　　话：0431-81629751（总编办）　0431-81629758（发行部）
官方微博：weibo.com/tlapress
开　　本：710mm × 1000mm　1/16
印　　张：20
字　　数：150千字
印　　刷：三河市嵩川印刷有限公司
版　　次：2024年11月第1版
印　　次：2024年11月第1次印刷
书　　号：ISBN 978-7-5387-7644-7
定　　价：88.00元

目　录

第一辑　2013 — 2014 年

第二辑　2015 — 2016 年

第三辑　2017 — 2018 年

第五辑　2021 — 2022 年

第六辑　2023 — 2024 年

若见

第一辑

2013—2014年

穿越丛林

◎ 2013 年 4 月 14 日

每天穿过暗淡的路灯丛林

走过荒芜的人群

我都问自己

这是不是我最终寻到内心安宁的去处

这里已经没有曾经的理想　和曾经的拥有

这里有的

只是一双清早出门的鞋

和回来的单程车票

假如今晚继续失眠

我会找个合适的说法劝自己

不是屋子太小

不是理想太大

更不是惦念着什么

是我的黑夜太刺眼

在我的梦里

直直地刺着

然后一直晃动，晃动

直到我穿起那双鞋

奔向那片路灯丛林

我是一棵草

◎ 2013 年 6 月 4 日

我想我是一棵草

不然怎会摇动得如此轻飘

我想我是一棵草

风吹着嘶嘶轻吟却听不出多难熬

于是我就成了一棵草

所爱没有所有

所有附加微笑

只有被落叶亲吻

落雪掩埋的那一刻

才觉温暖

我想我这棵草

不该绿也不该黄

该只生一个根

一直在土里暗自地笑

生命这场等待

◎ 2013年12月16日

我该独自走一段路

在长满蒲公英的阳光里

沿一场梦奔跑

无须谦卑也不用骄傲

更没有被信任或是去解释的需要

可我还是会迷失

我就像在蒲公英田野里寻找蒲公英

这动机本身　注定我只能瞎转

直到踩坏了许多　突然悲伤

所以生命

会不会不是一番寻找

而只是一场等待

人是这样的

当他说他还在坚持的时候

事实是已经坚持不住了

所以我　还坚持活着

你们　还坚持追寻

不如　放下吧！

对胜利的渴望、对爱情的珍惜

对梦想的执着、对生活的热爱

不如就放下这些

把自己扔进一大片阳光里面

懒懒地只知道拥抱、依靠、呼吸

所以生命

之所以延续存在　会不会只是一场等待

等到我们都无力无法去抗争、索求、计较和寻找

就把自己放在这个世界中

在阳光里醒来　在黑暗里睡去

风不吹不醒　夜不凉不惊

手和脚都用来奔跑

都用来把思想　甩进风里

不如　就放下吧

放下你想要的所有

然后安安静静地躺在上面

连呼吸都小声些

直至能听见星星转动的声音和目光坠向天空时

燃起的哔剥声

至此　如果每一场梦都有结局

我唯独希望我这场

永恒延续

真相

◎ 2013年12月25日

生　是你还不知路途为何时
走过的路
假如有一天　你突然什么都看透了
我想那唯一的原因
就是你正站在一切完结的终点
所以此刻
我不欲解这世界的因
唯求还有一个明天
再跟你说说
我当初是多么笃定能够遇到你
而某一天多么舍不得离开

光明

◎2013年12月27日

更加使人不安的
不是没有光明
而是在光明中
你依然有颗黑暗的心
这就是为何
有人说：在黑暗的地方，黑暗也是一盏灯
也有人说：
给我光明
但若这光明里没有他，请帮我关掉这世界！

等 你

◎ 2014 年 1 月 27 日

我在海上等你

待浪静息

船头翘起

我便摇桨而去

我在海中等你

待夜匆匆

船舷飞鱼

我便逐行随你

我在海底等你

待鱼群如风

星光摇曳

我便抖抖触须

唱一曲

游离

我在海岸等你

待岸在海上

我便如你

和着海的梦呓

梦境

◎ 2014年2月1日

你看谁
穿过荒野、山林
穿过白云、草地
把灰色的鸽子
留在冬天里
你看她
忘了
掀起裙尾
不然群山上
是她抚摸融化的云
还是那山峦
梦着一场春雨

没 有

◎ 2014 年 2 月 11 日

列车延至黎明
你就什么都没有
爱情和世界
哪一个是你的
它们在星光中睡着
晨风刚起
片刻碎了
你除了拥抱阳光的双臂
什么都没有
连心都不是你的
还有那躯壳
你还是什么都不做吧
就在那里坐着
坐着……坐着……

如你如我

◎ 2014 年 3 月 23 日

曾经你如我

在路上

等一个人

直至天边泛黄

黄叶摇霜

也不见谁

轻曳门绳

轻诉衷肠

曾经你如我

在一场相遇中

等另一个人

带着一身寒气

携风尘而至

把你拥进怀里

青春扔在一旁

纷纷绝望

于是遇见你

一个初春的晚上

一次限期流浪

临分别时

我想

想你，也一定

许我一场重逢

许我顾自吟唱

致青春

◎2013年2月1日

前行　如果是遇见
而我　正与之分别
在一节很慢的绿皮车上
在我叫不上名字的姑娘铺旁
车窗中我的倒影
正如我退回时光
正如列车穿过冰河
急行
像是要带我回故乡
佳木斯，我曾埋好青春的地方
我带了胜利回来
我带了酒肉回来
我带了祭奠的歌回来
却终于　唱给了自己

算了

◎2014年4月3日

算了吧

回到你的地狱

像濒死的鱼

渴望游进沙海里

算了吧

放了你的梦想

像短命的蝴蝶

在风里躲着阳光

我听见了

你无须再说一遍

我这就飞奔向你

我有更长的胡须给你燃烧

请让我成为你的怒火

请毫不思索地将我毁灭掉

直到晨风泛白　青草嘶叫

你再到我的坟前

告诉我没有人像我一样

永恒等着

等着天荒　等着地老

等着你永远地

成为杀死我的骄傲

年华

◎2014年4月6日

年华薄浅
不堪如果
岁月深重
不饶你我
只待
星光似火
心意成河
只待
尘烟成风
眼光似火
……
终会看到
你是你
亦是我……

证　明

◎ 2014 年 4 月 9 日

你见过飞起来的鱼吗

它是不是想证明

那不是鱼鳍而是翅膀

……

你见过不唱歌的鸟吗

它是不是想证明

它的美貌装满了整个笼子

……

你也许看不见我

正如我一直想证明

我正在你面前、你心里

……

当我想到这里

我突然想证明

其实我不是个疯子

……

初　见

◎ 2014 年 4 月 13 日

请别叫她的名字

彩云和蔷薇

山风和露水

请别走得那么远

流霞和夕阳

山路和星光

让她沉默地等

让我做最后告别

就像初遇时

沉默的你们

让给我一丝薄面

我已将记忆赠予你们

就许我再看一眼

哪怕被碾在她的辙前

深爱

◎ 2014 年 4 月 27 日

生命是不是在倒退
所以闪光的
都是背影
所有光明杀不死的
才深爱光明
我用眼泪半遮半掩
偷瞄着
你们都成了背影

战斗

◎ 2014年5月22日

夜晚
是一场战斗
唯有胜者可以安眠
我却偏偏生在和平的世界
要不是他们都听过我的乳名
我想我该一直那样狂妄地活着
不把太阳放在眼里
也不把你放在心里
夜晚
是一场战斗
唯有败者可以安息
我却偏偏找不到对手
要不是他们都见过我的残忍
我想我该一直那样安静地活着
不把明天放在窗外
也不把梦想说出口
——我想借着日出的微光
刺杀那颗刚刚升起的太阳

一朵花

◎ 2014 年 5 月 28 日

梦想
是你睁开眼看不到的现实
却是你闭上眼看到心中的爱和智慧
奇迹
是你闭上眼看到心中的梦想
却在现实面前依然坚信
生命
是一个你既能远远看到
却也能瞬间抵心的感动
梦想、奇迹和生命！
它们都是一朵花
一朵叫你　一朵叫我　一朵……叫我们！

蝴蝶

◎ 2014年6月17日

让我失去一切吧
就像我不曾在梦里拥有它们
让我失去一切吧
也包括这次醒来
……
该是你们来关心明天的晨风
该由你们来照顾每一朵花开
我想不出留下的理由
你会爱上繁星成群的夏夜
成群的蚊子和熟睡的蝴蝶
……
让我离开这一切吧
就像你只会在梦里记住我
让我离开这一切吧
包括这次到来
……
请帮我修剪门口牵牛的藤蔓
请帮我常扫门前的鹅卵石路
我想我再回来的时候
你会爱上我归来的脚步声
熟睡的蚊子和渐醒的蝴蝶

旧时

◎ 2014 年 7 月 7 日

当最终成为最初
一缕波光在很远的天际闪现
你跳跃着奔向雁过的原野
除了你
一切都无声地
进行着某种沉默的怀念
直到你终于行至上一个天际
在波光里仰面看到
漫天星辰、梦境和雁影……
后来
再没有什么光
能点亮那片初遇之时
旧人就要忘记
爱过的虹都如七彩河
奔出乌云流进蓝天
雀声早断　你亦重现
会有夜晚想带走私念
带走星辰、梦境和背影

致出走的人

◎ 2014 年 7 月 23 日

凡是穿过的
泥尘或光明
都有最美的你在其中
躺下　就静静躺下
你怀着路上的心情
路上
就有永恒的身影

寻 找

◎ 2014 年 7 月 22 日

后来的很多天空
我都没有找到那样的黎明
于是惊觉
你曾极力摆脱的
却成为最大的牵挂
而你也撕扯掉了胳膊和脚
所以很长一段时间的追寻
你告诉世人你在寻找你自己
可你心里明明清楚
你都站不起身
而你梦寐以求的
不过是过去绯红的天空

笑 脸

◎ 2014 年 8 月 19 日

时间
使你心有不安的成全
不知所措的遇见
又被迫一次次重来
终于有一天
你起了个大早
赶在了夜晚前面
才准备好了迎接清晨的笑脸

念你

◎2014年8月10日

一点化作烟尘
一点化作泥霾
却不能长久地随风徘徊
从这里到那里
那个我不愿离开的地方
却是我正迷失的地方
于是我跟着你的影子走
长长又长长
使我如此这般
静卧繁华
念你荒凉

秋

◎ 2014年8月25日

那片晨光醉了
跌进秋风、草丛
那些秋风醉了
卷起树叶、孩童
我模仿着
吸一大口
一头扎进去
看见天上
飞着草叶、青蚊
飞着金色的蚱蜢

长大

◎2014年9月3日

一个成长的愿望

就像一个向阳的窗台

无论阴晴雨雪

都透出一双凝望的眼睛

总有一天

门外会留下一长串通往天边的脚印

现在你可能随在人后

但你也许就是一个影子

是光的凝望

如 你

◎ 2014 年 9 月 7 日

我爱过很多片云
但只有一片又飘了回来
洒了一秋的雨
细成朝阳的发丝
漫如黎明起舞的江河
当我低头行走
我听见你的歌唱
当我在凝望
我们如此相像

见 你

◎ 2014 年 9 月 14 日

没人能看出
那远方原野上是你
没人能看出
那夜幕窗台上是你
晚霞不会顾及
星月不会顾及
怀念着漏过指缝的路灯
听着相邻少女的琴声
把酒肉吃尽
停下默念《心经》
坐在窗口瑟瑟的叶子上
看满街的巨人
掠过街灯

梦里

◎2014年9月28日

还有多久

你想起了你

不是此刻

那一秒会闪光

我就在未来

白浪拍着的堤

湿了单跪的膝

至你今夜的梦里

……

至你今夜的梦里

红花的岸

金风撑船

日落处扬来细雨

……

还有多久

夜晚属于星星

雾水属于窗棂

晨光掀起帘角

我

像是在你的梦里

心荒

◎2014年10月4日

要感谢那些不知怎么面对
的日子
使你对生活失去信心
却也抛去虚荣和欲望
像个孤鬼一样
心如死灰
摇着经幡

你我

◎2014年10月7日

又看了一眼
你的世界中的我
像一蓬草
霸占着田野
风是我的
雨是我的
连那些云也是我的
又看了一眼
我的世界里的你
像一座城
霸占着田野
夜是你的
星月是你的
连那些梦也是你的
过去的
和过不去的
之间隔着你我
过来的
和挥不去的
之间隔着你我
我不想日子就一直这样
充满了很近的你
充满了遥远的我
可我不想的
和我所逃避的
都是我的

离散的相逢

◎ 2014年11月4日

最后那秋
忘了那片草地
无论再有多少个身影和多少次相识
我们都将遁入永恒
时间会忘记我们
我们也会忘记彼此
可我还是多多少少地希望
看着我的它　和看着它的你
看到了些什么
致这场终会离散的相逢
致每一个晒过这片阳光的你

无明

◎2013年12月10日

在黄昏刺破冰封的松树下
有一只狗在舔食蚂蚁
和蜷缩在树下的诗人一样
自以为写的是诗
在不清醒的棉袄里
有一只狗在嗅寻诗人
和草地里的尸体一样
自以为这样便了知生死

初 识

◎ 2013 年 12 月 15 日

在初识你的地方
岁月开始静静流淌
映着朝夕、风
与梦想
恰如你浅行至此
风尘终如一身风光

雪夜

◎ 2013年12月22日

当你静心体味
岁月绵长
那一缕炊烟下的雪檐
和看门狗守望的围栏
所有动的　或不动的
都似在流淌
不会在遥远的黑夜里消失
也不会随着过去而淡却
每到下雪的夜晚
就镶在窗棂上
落在灯火前
最好你我温一壶酒
敛膝而坐
说着、说着
就把梦温得和炉火一样暖

不 必

◎ 2013 年 12 月 29 日

一片云的有生之年

不会一直遮住同一块土地

却一直遮着同样的天

正如那些愁绪与焦虑

不会一直遮盖你的笑脸

却永久遮盖你的希望和未来

既然包括注定的死亡在内

都不足以使生命黯淡

那为何你还在焦虑地担忧着

既然生是一种必然

遇见也是一种必然

那你能否预见一切

可这也不是最重要的

是啊

究竟是为了要在触到之前看见

还是为了有一双透彻的眼睛

衬托笑脸

少　年

◎ 2013 年 5 月 3 日

要游过很长一段天空

穿过很多云和光

才会到达那片黄叶青根的草原　俯瞰沙洲的故土

但我不能驰骋

没有奔向北方的骏马

没有拂过马背的风

于是停在山口

向着离家更近的远方

甩出我的眼镜　皮鞋　西装

就送到这里吧　那颗归心

就从此说再见　同行的少年

请帮我仰望黄昏时金色的烟囱

帮我亲吻拉林河畔拾贝的少女

帮我滑过那道冰湾璀璨的沟渠

帮我跳进那位老者的果园

躲过葡萄藤下的老黄狗

找到那个跳下果树的少年

换一粒红心的海棠果

给他一张家乡的相片

乡路

◎ 2013年6月17日

你已经上路

在禾苗铺成海的画里

流动的　除了思想　就只有农夫

草垛的后面　耸了几栋骄傲的楼

车渐行进城市　不是诗人偏激

是没了田野　就没了动笔的念头

车轮像是跑在了时间前面一样

呼啸着爬过那座城

狂妄地昭示着这一点

远处蠕动的拖拉机头也不抬

忽略了路上的车和我

它的尽头在秋天

而我的

在飞过的鸽子翅膀上

染着一野的绿

掠过了拖拉机的夏天

拾梦

◎2013年12月18日

轻取　一缕
你的眼光
一缕　单纯和愁怨
私藏一丝
你的气息
一丝　温香和轻叹
你的梦境
我见过
记得
繁星如晨风
你的梦境
我见过
记得
翅膀如雨线
带着那梦境
我走了很远
一丝
前世弥留
一缕
今世初现
今世初现
才如初遇你
不能再见
寻梦
不如见你
寻你
不如遥远

夜行

◎2014年1月6日

风叫了一整夜
叫不醒灯火窥星
路上已没有行人
行人都关上了门
路　成了最知名的摆设
却落满灰尘
你讽刺地笑吧
让我不再怜悯自己
让我忘记深陷的脚踝
和深陷的灵魂
痛苦，是用来形容痛苦的
死亡，是用来形容死亡的
而思念
时光还来不及停在它身上
便已遥远得不能澄清
时光，放下我吧
让我停在我们初识的前一秒钟
让我永恒地看着那敲响的门
时光，放下我吧
让我忘了曾经荒唐地讨好你
讨好你打开那扇门

风和阳光

◎ 2014年1月13日

我在轮回的栈道静坐

心却不安

风和阳光

只是另两个少年

一个乱撞

一个照进荒年

海的界

不是天的镜

靠岸后

再也没被谁看见

两个世界

是两次轮回

再次遇见

间隔了许多年

时间

还没有来过我的世界

你何时也来让我变老

使我重生皱纹

让我知道

你在走　我在追随

有一段时间

◎2010年1月6日

你说的飘着雨的季节

一起去看新生的绿叶

你说起花季里的冬天

一起偷偷埋藏的心愿

那些随风散落的杨花还在发尖

勇敢的我们

却无法留住昨天

每一阵风都越走越远

我们相拥在很久以前

你说过明天路很艰难

一起坚信那时的心愿

那些伴着岁月流走的歌声还在耳畔

天真的我们却不想告别昨天

有一段时间一起追梦（青春的梦）

有一段时间守候着明天

有一段时间离家很遥远（向往明天）

有一次美丽不会改变

色彩褪却后的黑白画面

谁曾站在岁月的那边

让我很想念

那些大声唱歌的时间

追寻

◎ 2013年9月5日

追寻

但有　无云的秋日

希望　都会爬过窗口

再长的夜　也会流出这屋子

给出走的她　披上深蓝色裙子

我就如此般　追随着

一段有目的的流浪　随即开始

生怕忘了

爱上黎明的时候

你的裙摆已拖至黄昏

只为海洋

◎ 2013年9月6日

无迹的风
随行的豚
没有预见
只有浪的方向
没有遇见
浪花下的夕阳
有一远帆
不为彼岸
没有航向
只有鸥的指引
没有航向
帆都去的地方
有一远帆
不为彼岸

若见

第二辑

2015—2016年

淘　汰

◎ 2015年2月12日

在被轻视的日子里
我学会了咆哮
却更为人轻视
于是我轻视的那些人
把我淘汰出群

在被尊敬的日子里
我保持安静
却更为人尊敬
于是我尊敬的那些人
把我淘汰出群

我是一棵树

◎2015年1月20日

我想我是一棵树
不然为何言语轻轻
脚步沉重
阳光唤着浅睡的草地
我不能诉说
乌蚌渐寻冰冻的河滩
我不能诉说
我的话都跌落下去
被叶子暖在身下
被枯草柔柔地盖着
我想我是一棵树
不然为何饥肠辘辘
满嘴泥土
夜雪敲着瑟瑟的甲虫
我不能诉说
山廓攀着轻薄的云朵
我不能诉说
我的话都没有心思
被田鼠叨到家里
和盗来的粮食堆着
……
我想　我是一棵树
因为这世界
从未有过森林

告别

◎2015年2月1日

等这四季都过了
我们　在该分别的时候分别吧
你带上你的美丽
去尚未美丽的地方
……
等这一年都过了
我们　在该想念的时候想念吧
那前前后后的时间
就让它都空着
……
亲爱的——
等此刻都过了
我们　在该相爱的时候相爱吧
如果可以
是啊
如果我们知道此刻在哪儿
亲爱的——
既然寻不到此刻
我们　在该分别的时候分别吧
你告别你
我告别我
……

荒野

© 2015年2月5日

你看夜里的白光
穿过你的血肉
落在熄灯的河里
那石子都挣扎出水面
说它们看过的你
……
在最后那次沉默中
张开嘴　完成了呐喊
熟睡的昆虫依然
却全被那树林听到
被那花丛听到
被那风儿传开
……
总有一天
那树根会把你抓住
替你每日读风
把你挂满枝头
然后盛开如火
招摇得像碎了的太阳
燃烧着那棵向北的树
你的光
沉进了奔涌的河

回家

◎ 2015年2月6日

那些不以呼吸为记的路程

好远　好远

和那些不叫作回家的路一并

错过

……

这一程

谁来送我

送我二十岁的路

送我十月的河

……

村庄急流

把闽江甩在村后

……

似乎再有一声汽笛响起

我就会看到母亲

牵着我的小手

穿过小河

送我回了村口

夜雪

◎ 2015年2月18日

那童年时咯吱咯吱踩过的雪
像极了后来骨头拔节的声响
只不过
在披星戴月的路上
挤满了披麻戴孝的人
我想我也回不去了
那雪月交结的矮草檐
那红烛罐头迷蒙的小街
我长得太大了
一个人像一个人群
所以我真的回不去了
除非谁送我童年那场雪
所以我真的听到了
那些咯吱咯吱的声响
像极了那场夜雪

青春的歌

◎ 2015年3月1日

回忆　给我深深一吻

告别月台的酒气和黄昏

我眼睁睁地看着我

转过身　永赴前程

妈妈叫你回来

爸爸叫你离开

就像退路和未来都敞开

你不知道疼　疼不疼爱

也不知道她还在不在

我常常想回来

就像你们都在

就像风还没吹过那年

成群的奔跑　挥手的站台

春草割裂了我的云

那是我不觉汹涌的原因

你看那风吹过雨

雨绕过虹

虹跌进小溪

就像那花儿盛着血

血蘸着梦

梦塞进我嘴里

你看那人都

经历着　伴随着

跌进了朝夕

就像我走

走了回

回不去

你们的眼里

……

爱过的虹都如七彩河

越过河滩　穿过森林

和我一起等你

终点站

◎ 2015年3月19日

今夜灯依旧会暖
骨头还像你的天堂
你要是想起它
你不必回来
我会把家安到你身边
此刻黄昏将近
当太阳照到脚底
你在去哪儿的路上

自从越过一扇门
里外都是自由和囚禁
不是说夕阳是暖的吗
为何家门口的狮子还阴着脸
哦　那不是我看到的
我看到的
是滚烫的铁轨
沉浸在终点站
一点儿也没有回家的意思
一点儿也不眷恋

用我的全世界经过你

© 2015年4月1日

当最后的我经过你
我会为你轻轻吹去
那漂泊的尘
我会记得
你记得的我
虽然我可能不再那样活着
当最后的我经过你
我会为你打扮得体
像初次见你
月光海岸
青鱼伴飞舷
我在你微澜的余光里撑船
当最后的我经过你
我也许不能像说的那样
不留下痕迹
如果想我
就想想那个我
在梦幻阑珊的青春里颠簸
当最后的我经过你
我会为你轻轻吹去
那泪的痕迹
你要记得
最初那个我

用我的全世界经过了你
那坠落的
颤抖的不是你
就像你不能
飘来飘去
我曾经生出了根
却成了满天花
那追寻的
流浪的不是你
就像你不能
以何言语
我曾经回到了家
却成了满天涯
那凋谢的
枯萎的不是你
就像你不能
翩翩如雨
我曾经洒满山川
却红了下山溪
那死寂的
绝望的不是你
就像你一直
翻来覆去
我曾经经过你
却怠慢了你的美丽

也许

◎2015年4月9日

当你盛开到刚好时候
也许我不在
所以我常打开窗
迎一些风进来
……
当窗外洋洒暖风时候
也许你不在
所以我卷起窗帘
迎一些阳光进来
……
当风铃丁零响起的时候
也许你不在
所以我走出门外
迎一个春天进来

不知

◎2015年3月12日

你何时曾见　风过雨停不吹
你何时曾见　水择残阳不暖
你何时曾见　四时云天相似
风不贪
水不嗔
云不痴
你不知

阳光走过的路上

◎ 2015 年 5 月 24 日

无论拿什么抵抗

我正活得和他们一样

苍白而善良

那美丽的格桑花

盛开的晚上

我和神湖一起出走

看到了回头的乌青山岗

姑娘是带路的头羊

总在追不到的崖上

昨天是一捧青草

都献给了这个晚上

……

我想把我的一切给你

连同我的梦想和脾气

从此我是你

那春风漾起的早上

燕子和我同去北方

我们惯坏了这儿的太阳

希望在下一个早上

如今我已获得自由

我决定和海在一起

和天空在一起

就像从前

我和他们都一样

那年

◎ 2015年5月25日

那年
烟雨如幕
我在送你的路上
悟了别离
那年
夕阳静落
我在望你的城阙
寂然守候
至今
你我仍未重逢
哪管山已如丘
雨成绸

此生的树

◎ 2015年6月4日

如果那些不是雨　那是什么
沿着锈红的钢篱
沿着混杂的土地
如果那些不是雨　那是什么
沿着彩虹的转折
沿着你的发际
然而我哪里都不能拭去
我只负责生长
把枯枝投向你
把影子投向更深的土地

梦你

◎ 2015年6月4日

我梦

见荒野

三千个你走过

那时

几百颗星星

沉默天河……

我梦

见如云的你

命运轻浮

一挥船桅

不惊

明日之月……

明日

月在上

人在下

你却在梦里……

若再想你

定倾覆此江

亲爱的

我在那夜空等你

那时

◎ 2015 年 6 月 19 日

我想静静地读完那首诗
默写最后一段
夏天的留白
要是有听着的你
我想读另外一首更长的诗
不过分看好文字
不成为你……
我想收回下面几行字
不用看起来像是纪念
或更像是期许……
可是
没人说出来
也没人注意到我……
我在我背弃的心里
在穿梭深夜的地铁里
用力地写着
从前　尘土和云
后来　花和雨……
那时三月有雨
树影离离
不像今夜
更不像你

流　浪

◎ 2015 年 8 月 2 日

你站在哪里

哪里就是人海

所以你的流浪

牵动着整个世界

可是

你和梦想

缠绵了一个晚上

却把它和它的颜色

全都抹尽……

你走过的每一个地方

都是潮汐渐去的海

所以

你的流浪

牵动着一整个我

可是

在那些有呼吸的岁月里

你向星辰

人海向我

回不去

◎ 2015 年 8 月 29 日

我想我再不会回去
你爱的那片霞光里
还有那里的
蛙声　落雨　蝉翼
亲爱的
若不是这尘年阻隔
走向你
便不是当年的事

一段路

◎ 2015年9月11日

有多少童年时的乐趣

成了如今的禁忌

那时雨是可以淋的

雨后的水坑　更是可以穿着妈妈缝的小布鞋踩进去的

可是后来　我们更多懂得了选择和区分

有了更多的追求

就这样

我们都绕开了那一段路

选择成长　选择成熟　选择一切有尺度

人群在雨声中急促行进

大家都很烦这雨

都很急着回家

我不急　我不知道去哪里

才能比我在这雨中更安静

我也不知道今天这条路

跟昨天的区别在哪儿……

唯一让人担心的是

将写完这些字　抬起头

我已走在人群最后

多年后

◎2015年10月3日

多年后

时光不再

人如残烛月光如锈

天涯远走

多年后

我不再盼你

于今生来见

我以光辉数年　守候相念

多年后

秋冬各寒　春夏分暖　所爱散进年月

年月终老……

只得忆当年

当年

车马很慢

书信很远

我便总在柴门栅栏外

盼一人影　匆匆来见……

独　自

◎ 2015 年 10 月 10 日

虫儿不再叫了
风儿不再摇了
我把它们还给了旷野
独自去眺望星空
蝴蝶花的香气尽了
破吉他的吟唱歇了
我把窗口还给了我的房子
独自去眺望星空
可是什么时候
我会再回来
我不喜路过春天
不喜那耀眼的晨露
不喜那翠亮悠长的流水声
和伏在野葵花下的泥土
我却想于我在意的某个冬夜
抓起散落的星星
撒满白雪的门檐
撒满　故乡的山谷……

生

◎ 2015年10月17日

一切都挣脱着
想要回到他本来的样子
似乎所有的努力
是为了接近上一个自己
人们就在这样的轮回中生着
可是
来易来
去难去
我们不得不生
又不得不离开
最后就只剩下那个秋天
雾霭茫茫
人心荡荡
一条小路
多少时光

一扇窗

◎ 2015 年 6 月 7 日

这世界有一扇窗
只经风雨
不经想象
那风雨有一扇窗
只是我们
不如往常
往常我们
有一扇窗
打开星归
合起夕阳
往常窗外
秋雨秋风
秋草秋黄

后来

◎2015年6月12日

那年

麦子刚熟的时候

斜射进窗口的太阳

也刚刚好

后来

那里总有一些欢笑……

那年

第一场雪来的时候

我跑遍了冬天

想把那串脚印藏好

后来

你仍没看到……

那年

说好很快重逢

你的小脸上

挂着我全部的笑

后来

我们再没有遇到

一个春天

◎ 2015 年 6 月 13 日

若人生　只有一个春天
你会知道　花开即世界
红尘·谜团
…… ……
若生命　只剩一个沙漏
你会知道　粒粒是屏栏
流失·静婉
…… ……
若那世　是已远的鸿雁
你会知道　不离是风烟
来去·亦然

我是我的

◎ 2015 年 10 月 30 日

世界是你们的
我是我的
我有一座荒山
和一把破旧的锄头……
世界是你们的
我是我的
我有一条用来流淌的河
还有一棵用来生长的树……
世界是你们的
我是我的
我有一片叶子
把我的天空轻轻地盖着

重逢

◎ 2015 年 7 月 1 日

我们终将接受的道别，
是我心中静静安放永远的相遇。
当你离开，
却走进我的深心。
即使我将回到我的阴霾，
我也会念着你的嘱咐，
要像个孩子一样，
走近自己，
却如初见。
生命长河总会流尽，
那我们就要在尽头重逢。
我爱你们，
和我们同存的那段时光。

忙

◎ 2015年7月22日

我在我最喜欢的那一辈子里
依然没有彻底地投入它
我忙着遇见另外一群人
忙着四海为家
一切如同那时的云下旷野
有星光的一部分
有流水的一部分
有花和树的一部分
有别人会忘记
我们会想起的青春

何曾知己

◎ 2015 年 11 月 4 日

多少回梦里觉夜凉
一阵风
拂了窗　过长廊
惊醒从前多少事
不思言语
不道酸肠
谁问黎明亮成雪
一声叹息
频频斟满　一碗茶香
清浊已不自知
虚空亦不真实
惘也今日
明也今日
何曾明心
何曾知己

一 半

◎ 2015 年 8 月 11 日

一半在风里
一半在土里
那是前世和来生
一半是花
一半是雾
那是迷蒙的眼睛
我不断地走向你
相见在不断地延期
直到我疲倦地望着你
有一半风尘
有一半欢喜

好的现在

◎ 2015年11月23日

作为一个好的现在

落雪在栏杆

云光绯红

踟蹰的脚步

该不是一个漫漫雪夜

就能理解的冬

回忆像云后的月亮

它就在那儿

你仰着头

却只看见微光

我想起我经过的无数的雪夜

我想起不管是我是否所怀念的过去

似乎都永远被一个雪白的冬天保鲜着

我闻得到它的掩藏

闻得到它的羞涩

当它在这充满雪气的凉风中灌进我的鼻孔

打在我的脸上

我就知道

总有一天

我会回去

我会再抓起一把厚厚的雪

偷偷藏在你看不见的手里

作为一个好的现在

它应该总像过去一样

看作此刻　似是未来

……

莫急

◎2015年12月12日

穿过原野的白杨

和它挥不去的风

跪着祈祷

荒火成了冬的帮凶

无名的树

顶着朝天的红枝

灯塔般凝视

深伏的远峰

山峰不会到来

至少

鸦巢还在白杨间

不会

它看得到你的翅膀

看得到你摇曳的骨头

你莫要急

等到鸦声入夜

每片叶落

听得清楚

你莫要急

等到理想入土

所有流浪

都是归宿

来生

◎2015年12月19日

今生
我拜了所有山河
只想来生
独坐
我们经过的那一个
今生
我爱着一切世人
只想来生
遮覆
与你初见那一刻
来生
我祈求佛祖
给我一次束缚
谁让我们琴瑟和鸣
谁让我们心心相印
来生
我祈求佛祖
给我一次放逐
谁让我们朝思暮想
谁让我们白首相扶
……
来生
我愿舍下所有遗憾
却不愿
前方不是你

回到

◎ 2016年1月21日

阳光洒不进来的冬天
回忆也不能
无论你经历过什么
那些故事都会被覆盖
雪花一落　屋顶就变得湛蓝
走走停停的人
经过每个地方
都留下或多或少的朋友
也留给他们孤独
于是我们也孤独地寻找着明天
在每个早上挣扎着起来
在每个夜里挣扎着睡下
好像那些可以用来安慰人的阳光
从来不会在沉默流泪的时候晒在眸子里
也从来不会在孤独寒冷的地方
让给人一个温暖的拥抱

于是我们继续寻找
穿过很多我们曾经想象的地方
经历很多很多原先的希望
逐渐发现
把他们放在珍藏的盒子里
才会时不时想着打开
直到装满
才心满意足地最后锁上
那些逃避黑暗的人
闪着微微光亮
是他们自己创造没有光的地方
来让自己凸显出来
他们何时停下来
何时突出重围
回到一个宁静的心里
回到无法回避光明的地方
就像回到童年
拿起刚折好的风车
推门而出的早上……

寻找

◎2016年1月31日

我像海边的一盏孤灯
不为指引谁的方向
只为让自己寻求的
看起来温暖
我像草原上的一棵枯草
不为追随风的方向
只等一个追风的脚印
落在肩上
我从你看到我时
开始微笑
在一世沧桑中
沉湎追寻
我在你眼光掠过后
开始枯萎
在一片黑暗中
断裂销尽
我是一个不停地期盼着回到过去的人
所以一直找寻着那样一条路
沿着海的边缘　沿着天空边际
终于
在我经过人世时
无所寻获
我只听见
鱼说天空太淡
鸟说海水太咸

惊雷

◎ 2016年2月29日

这世界上最后自由的声音

不会是谁的演讲　不会是谁的宣誓

不是谁的长篇微博　不是谁的靡靡之音

而是在每个故事里

把心灵融进旋律的独白

把梦想当作垃圾一样

揉碎投进无望的俗世里

最后发出的呐喊

那些真正做事的人

都没好好活着

那些真正活着的人

都疼得清楚

那些本来清醒的人

一旦凌驾于别人的梦想

便会盲目得像个了知一切的神

他的肉体便会接管灵魂

便会肆意地挥霍平凡和自尊

眼见为虚妄　心想为执迷

希望有一天

老天会赐予一个惊雷

把浑噩的长梦炸开花

梦想

◎ 2016年3月5日

黑夜的黑
像极了白日的白
我光着脚
却不敢走向
光着身子
才能睡醒的床
我怕没人愿意叫醒
一个噩梦连篇的人
因为噩梦从不伤害人
而梦想
就不一样

我的春天

◎ 2016年3月20日

我无法向一个春天说抱歉
就像我活在春风里
便无法缅怀春天
我无法停留在你的面前
就像世界燃遍了大火
也不能阻止日光蔓延
我给我的春天取了个名字
没看生辰八字　没看风水
于是我便幽怨地
像是触怒了平凡
昨夜　听见风响
我想我关窗了
或许是它正穿过月光
而我不知
我不知
我何时深眠
那时的夜晚怎样
那时的春天怎样
只是再睁眼
云朵发了芽
弥漫
就像
没有云彩
便不是天边

转山

◎2016年3月23日

隔世的尘埃
颤抖地合十
我在朝圣的人群中
皈依于人群
夕阳转过那座山
湖水转过那座山
唯有你
永世转不完
在人们的劝说声中
我皈依了湖畔的青草
皈依了消融的雪山
把渐渐磨平掌纹的双手
伸向头顶的
星星点点
把枯死的根深藏进石丛
跪拜此生的
长长远远……
你们将去的地方
我不去
我还有一个冬天需要照顾
还有一个孩子没有找到
你们将去的地方
我不去
我还有些话要跟阿妈说
还有一碗青稞没有吃完……

寻我

◎ 2016年4月7日

我没有多少故事
也没有多少风雨
因为我刚好长大
就被推进了人群里……
我虽然有一呼一吸
却发不出什么声音
不是没人关心
是岁月汹涌
无法静听……
我开始寻找
另一个自己
有时在回家的夜空里
有时
在睡熟忘关的路灯下
有时
在他们温暖的手心里……
我想找个足够大的地方
放下我的孩子
把我所有做过的美梦
讲给他
等他长大
也不算一无所知

当我老了

◎ 2016年4月9日

我在我最喜欢的那一辈子里

依然

没有彻底地投入它

我忙着遇见另外一群人

忙着四海为家

一切如同那时的云下旷野

有星光的一部分

有流水的一部分

有花和树的一部分

当我老了

不能再走这么远

我会拿出所有的照片

从晌午翻到傍晚

当我老了

不能再从一个地方

去另一个地方

我会拿出我的拐杖

去院里看看天

当我老了

不能再记起这辈子

我会收好我所有的抱怨

那年春寒渐去时

我还是你的伴

或许

某天

我又站在曾经的山岗

着一白衫

迎着金风

完完整整地等你

谈判

◎2016年5月9日

若不是被缚住了手脚
我想它不会
顾忌季节的颜色
顾忌车辙与马蹄
若不是被蒙住了眼睛
我想他不会
任凭遥远终是遥远
任凭月黑与流风
今夜
星辰不再凝视大地
乌云退到表示中立的一边
我和夜晚没有达成一致
它希望奔去黎明
我希望留在这儿……

童谣

◎ 2016 年 5 月 13 日

在我的心里　只有一首诗
那是儿时母亲的歌谣
是老黄牛甩着尾巴的晌午
是我满头大汗捉住的蝈蝈叫声
是我无论怎样　都在继续长大的一生
如果说那时和现在
有什么不同
我想该是
歌谣老了
岁月散了
脚步声远了……
好在
我们都还在

锋芒

◎ 2016年5月19日

麦芒刺开的风
跌落在田野
你从草地里爬起
静默着
朝向远空
无所谓日落匆忙
只顾着将心头话语
裹进麦穗
仿佛成熟
不会使夏天消亡
仿佛生长
不必折断锋芒

这世界

◎ 2016 年 5 月 23 日

他的头在火里
他的脚在水里
他的灵魂
早已畏罪潜逃
然而这是水
与火的世界
他回到他的阳光里
拾起他的慈悲
恍然心觉
这是水与火的世界
烦恼可以流淌
亦可细捻成香

安坐

◎2016年5月25日

经幡在雪中迎着风
诵经的人岿然不动
我一路走着
沿途都是双手合十的人
和绵延不绝的山河
一日碧金华衣
一日沐雪青峰
我已不可安坐
安坐之时
亦非妄想
亦非虔诚

因果

◎ 2016年6月20日

那些摇倒巨树的风暴
并非巨树的天敌
那些腐蚀金石的花朵
并非要生在上头
世事循环往复
只是心肠绵软
因果太慢
只是眼窝太浅
心海无岸

春风

◎ 2016年7月6日

那年春风过后
夏天没有来
我带上我的秋篱
去寻找下一个季节
直到现在……
阳光已经长成金色
夏天依旧没有来
我消沉地伏在窗口
默然忏恸
没有和春风
温柔相待

独行

◎2016年7月9日

那一场独自行走
踏翻了夜色
才将年华染成墨
那一回山长水长
穷尽了路途
方在此生知你无恙
而今之后
我愿休于风中
不衰芒草
不掠萧墙

放生

◎2016年7月24日

在一个平常的午后
我突然发觉
这世界就是一个鱼缸
这个念头刚过
我被蒙着麻袋绑走了
他们不想杀我
他们只是希望
我找不到回去的路
我记得那天是六月十八
我被放生了
扔进了一条河里
河水湍急
直奔海洋

且听

◎ 2016年8月4日

当我归顺于这个世界
这世界便不再有
地狱之说
最多只是　天堂以外
那夜
我修行无果
灌醉自己
谬想
那日我青衣白冠
立于阵前
碾死
碾死一碗下酒蛇蝎
碾死我腹中千丈柔肠
我说
大河长海于何往
不住我心不东流
我说
君且听好
无有苍生无有穹

花儿

◎2016年8月12日

风站在高处

寻觅它的花儿

遍野的红

不时摇动

红

不似那烟雨中的经幡

不似那转水的倩影

所以我

逃离了风

也逃离了虔诚

把岁月留给日夜的风雨

据为己有

风雨

亦如同逃离岁月般的

来势汹涌……

我曾在一粒砂中

窥见永恒

也曾在一朵花下

安然永生……

余生

◎2016年8月27日

夜幕中

你的影子

乘着星光而来

堕于归途

那些不能与你一同感受的岁月

称作余生

那些无法随着星火燃烧的余生

称作迷途

所以我摇摇晃晃地

跌进这一秒

在这里

有我期待的黑暗

和我挚爱的沉沦

下沉

不受等待之苦

下沉

不受呼吸摆布

从此

你们替我照看岁月

我去将黑暗踏穿

故乡

◎2016年9月1日

我想回到我来时的那片土地
阳光和春雪轻轻地相融
只有漫山的松林发出声音
那时我还是一个孩子
还不知道夕阳的意义
我想回到我惦念的那片土地
一捆捆柴火扛在妈妈的肩上
我绕着村子跑
昆虫、飞鸟都给我让道
那时我还是一个孩子
还不知道奔跑的意义
我想回到我出生的那片土地
那里更像是追寻的尽头
随意野浴是我全部的禁忌
刚好我是个讨厌水的孩子
因为根本不再有和水一样的东西
所以我说的
不是故乡
因为故乡
随时可以回去

真言

◎ 2016年9月4日

无法凝望
遥远星河的一滴泪
就像无法
用我的思念
抵抗你的告别
无法逾越
轮回的那天
我念诵千遍
把经过的海面填满
拉起通天的经幡
书写一句真言
于我一生
换你一句誓言

种子

◎2016年9月6日

最先死去的人
敲打着手中的日子
瓢虫翅膀的外面
扇动着星空
即将傍晚的树下
蚂蚁和阳光一样迷茫
我敲打着洞口
被拉作了蚂蚁的同党
最先死去的人
怀里抱着一颗种子
人们祈盼它会复活
期待那时它可以讲述希望
我坐在即将傍晚的树下
口中没说出一个字
我的手滑落在树根上
溅起了遍野的夕阳

光明

◎2016年9月12日

也许阳光的本意
只是要看一眼夜晚
所以会在远山的后面
变得暗淡
我无意行至那里
也无意窥探它的心思
只是夜风这么凉
它真该穿一件光亮的衣裳
那个我同情过的夜晚
最后放了我
它把它的无奈说给我
却也讲述了关于我的那次吞没
我无心行至哪里
哪里都一样有黑夜
我只是幻想见到
一群光明的风
一群和风一样的光明

我

◎2016年9月13日

在真相面前

人人都是虚伪的

但我不愿那样

我只想痛痛快快

光明磊落地

以我真实模样

生或死

我只有一颗心

所以我只能专注于我的生命

如果你要将阴谋手段施加于我

请随便吧

我

大不了回到我来的地方

静思

◎2016年9月15日

奔波了一生

却是为了寻找内心的安静

直到我将离开

才来到你身边

我经过我的从前

却没人叫醒过去的你

所以我停下

不管你们都去哪里

不管我是否报以遗憾……

那晚再来的月光

似岁月重叠

月下灯火如新

只是人已如旧

偎于窗侧

静思此生

又还一心

又入一秋

虔诚·祈祷

◎ 2016年9月20日

当我的夜晚流向你
流向你长生的土地
它会在那里微笑
在那里虔诚地堆积
当我的额头
还不能扎进土里
我会保持祈祷
保持一个向远的姿势
所以我寻求的我
在整个秋天里
藏身你的静默祈祷
所以我并无察觉
你此刻的瞻望
和我未至的远方

如果

◎2016年10月2日

如果有一天
我得以超脱
我会把你给的思念
藏于抄写的经卷
待后人读到你
正如读到我的真言
如果有一天
我得以超脱
我会把你给的温暖
染上诵经的灯绢
生生世世交错
却总有光明在岸……
如果……
凡尘的终点　没有延续
轮回　不过心劫千遍
我会放下心中的仪轨
飞离佛前

是这一切爱你

◎ 2016年10月11日

人们无畏地　面向死亡活着
却在面对明天时　慌乱无措
就像每个人都知道
生命是一场盛大的相逢
却总是把最好的自己　丢进角落……
你可以舀起一瓢河水
说这水是属于你的
但是眼前那条奔流向远的河
不会与你纠缠不舍
就像直到你的双眼干涸
太阳才会沉没……
是啊
是这一切爱你
你才显得　朝气蓬勃

抵达一颗星星

◎2016年10月20日

回首间的流露
暴露了整颗心
窗南的灯笼依旧红艳
暴露了整个夜晚
我沿着走
沿着夜幕垂下的琉璃
抵达一颗星星的目的地
这个饱含深情的夜里
有一个故事很轻
轻到即便你静静睡去
它也覆盖着你的梦
缠绕着你温弱的呼吸
回首间的掩藏
藏起了你的记忆
我沿着一个不知名的夜晚
拾起了一颗
刻有光明的星星……

多余

◎2016年10月29日

对于一片草原而言
草是多余的
蝴蝶也是多余的
该让它空荡荡
空荡荡的羊群
空荡荡的阳光
但请让它泛着绿色
泛着草的魂魄
就像远方的村庄
飘着鲜红的灯火
我在这草原上走着
对于草原而言
我是多余的
我本能地呼吸
淹没了草原的绿色
我的头顶
吹着夕阳晕红的风
也渐渐褪成夜色

我与你

◎ 2016年11月30日

我与你
不曾相同
却在相同的世界
我与你
已经分隔很远
低下头　仍触到你的土地
在那个世界里
我冠冕堂皇地游历
你破旧的山河
你如同怜悯般地
把目光投向我
渐渐黯淡的面庞
和永远匍匐的身躯
我曾向黎明低头
此刻
黎明向你

牧羊人

◎ 2016年12月8日

牧人放下了鞭子

羊群走出了山谷

牧歌唱给了星星

羊群洒满了夜空

远处山坡上

阿妈的油灯闪亮

放牧的孩子　丢了头羊

不要哭

是这羊儿牧着山岗

阿妈的热汤多喝一碗

去向那草儿最盛的坡上

滑过脸颊的泪珠

飞溅在阿妈细密的针脚上

皮靴惊起的蚱蜢

像成群的海豚越过海洋

慢些跑

那迷失的羊儿还没有吃饱

慢些跑

你没有多少这样失落的时光……

我曾经和它一样

急匆匆地漂泊

在我牧着的

生命海洋

我们都曾遥远地迷失

却没有

找回我们的孩子

最好

◎2016年12月13日

当我怅然离开

我看到你

谜一般地告别

似悲泣的浅笑

当我背负你

背负你微弱的心跳

我伏在病床上

望向你的天涯海角

请在那个偏远的山口等我

等我卸下独自远行的念头

我们同去一个更近的远方

随山路颠簸

随万物衰老

最后让一片叶子

掩盖我们的骄傲

请在明天　我的门前等我

最好

你来自深夜

我的门前有很大的风

一棵向日葵

一棵摇摆的松

最好

你来自深夜

我们便可睡在一起

不冒犯阳光

不拖延黎明

最好

你来自深夜

这样的梦话

略显真诚

致虔诚

◎ 2016年12月22日

那些曾经和阳光一起升起的香气

突然在我关灯后阵阵袭来

我在黑暗中闭起眼

我想象着

风中飘来你的融融目光

和你抱膝的笑

一辈子没见过什么世面

却看到了很多真相

比如正觉塔下翻飞的蝴蝶

比如姗姗来迟的你

绕着我的心

转着我的信仰

转着我的目光

犹如斜阳　绕着我的枯愁……

夜深如思

方知

若非你虔诚

何至我笑容……

若见

第三辑

2017—2018年

触动

◎ 2017年1月10日

有很多向后的流淌
和向前的光
触动着生命深处
那不是记忆　更不是过去
那是当你回眸
我便矗立
当你虔诚
我便心生欢喜
当你双手合十
我便安住永恒……
流光中飘摇　金风下微笑
如同十月恒河
如同今夜星空

苗寨

◎2017年1月12日

我不会怪夜色拖着我回家

因为篝火还在烧着

烧着烧着

我的心就和它一个颜色

我不会怪村头那最后一支芦笙

独眼的爷爷

走不出大山

只好用几根手指

沉默了山路曲折

孩子和泥巴

笑脸和车辙

杂货铺的灯亮了

吉普车颠簸着我

我还给了苗乡宁静往常

身后却是连绵的笙歌

仰望

◎2017年1月14日

我幻想
那无尽的星空
是我的城堡
所以我不悔
不悔那朵流星
融于夜深的海
我幻想
那无尽的风
是我的指引
所以
我有一只飞鸟
和一片归途
归途　一场冬雨
解决了所有
充满诗意的尘土……
向一双翅膀发誓
我和星空的关系
清白得就像
海子与海
一旦仰望
即成汪洋

忘记

◎2017年1月26日

你若在今天早早醒来
请你忘记所有令你向往的东西
你就看到这朝阳
它放下了过去所有的天空
你若在今天早早出发
也请你忘记所有的终点
你只需要执着于一个太阳的方向
和一片用来寄托心绪的云彩
因为无论你怎样纠缠
生命只有两段
一段用来辉煌
一段用来消亡

今夜

◎ 2017年3月1日

今夜月下

你　只是一个影子

一个流落世间的影子

大地未动

你却飘摇

今夜

你可以微笑

可以继续奔波

然而那些都不代表你活着

你若活着

月亮应该跌碎

星辰在脚下颠簸

这光明了你的路

如同

你从黑暗中生还

有了影子般的随和

深夜独行

◎ 2017 年 3 月 11 日

唯有远岸灯火
不喜你深夜独行
你放下忧愁
也放下喜悦
就像这河水
历尽春秋
也仍是如今的样子
我们经历着改变
想要的　不想要的
都七零八落地
掉进心里……
我们醒来睡去
却一直沿着生之河流
深夜独行……

燕子

◎ 2017年4月13日

燕子啊

衔着一个南方

故乡

被叫作了北方

我待在燕子的背上

掠过河湾浅浅的夕阳

将那片满是香蒲的河塘

糅进北方的木檐上

燕子啊

哪日我开始喜欢上你

你会带我去哪里

你的南方

是否有一样的屋檐

是否有一样的河塘

那时我还会不会

会不会在你背上

那时我会不会

也长出了翅膀

燕子啊

你帮我听听

牧羊人的鞭子有没有响

他有没有牧着他的北方

雪山

◎ 2017年4月15日

将心归于一盏油灯
在瞬息的人世
绕过合十的眼帘
绕过真言千万
将心溶于一缕轻香
自尘世的记忆
取一段澄蓝
超越那束缚
束缚仰望的雪山
束缚匍匐的高天
心中空无
眼底斑斓

黑夜

◎2017年5月16日

黑夜是一种招引
是光明　伸出很多只手
蒙上了泄密的脸庞
我站在它对面
唤了一个旧人的名字
那话语
却如同埋进了那些手心
黑
是它迟缓的回应
我也不知道
是那场逃离陌生了我
还是我已经站在了
最好的夜晚
却伸出了一万只手
去捂住一双
凝望的眼睛……

醒来

◎2017年5月16日

在漂泊的阳光里

升起一条时光之河

那河水滔滔

升起破碎而璀璨的水波

我醒来

你摇动着远处的朝阳

也摇动着我的远望

我似在我梦里

水波唤醒我

我醒来

在树影编织的浮桥上

绵延着群梦

群梦

摇动着我的薄生

灵魂牧场

◎ 2017年6月12日

我想寻　一处灵魂牧场

早上和傍晚

光　随笑声生长

没有人拨弄时针

一切如是

花　开在花里

水　流在水上

我想寻　我奔跑的牧羊

在云朵中翻拨

我的羊儿奔跑

溅起一片片虹光

光　随一切生长

唯独抛下我的影子

溢出脚窝

流回海洋

一粒沙

◎2017年6月24日

我从那条最长的河流上　经过
它在黑夜中奔涌
途经一个白天
我在那场最长的祈求里　死去
却没有远方
因为我的头骨变得虔诚
我把心跳　葬在途经的大地
把呼吸　埋进沉没的船楫
我把远方觐献给黑夜
终是无法　如它般奔涌……
于是　我蜷缩成一粒沙
填满一颗心的海洋
安住在每一次滚动
碎落成遥远的河床
我
从那条最长的河流上经过
它从一粒沙上流淌
经过它的海洋

朝圣

◎ 2017年7月26日

身后 尽是磕头的人
眼前
尽是光明与寂静的摇动
我曾为那火焰舍弃一切
而那一切
却在点燃的瞬间
于火焰中等我
我对自己仁慈地圈养
可能念过这句佛号
便可永久放生
我是告别许久
日月横流
山海荒芜
我是在你眼中太久
跪拜怜悯
合十温柔
记得那日
我点了300盏灯
我的心中无风
眼角无泪
如今它们
全都亮着

故土

◎2017年7月30日

蛐蛐的触须

撩弯葡萄的藤蔓

八月

葡萄架下偷偷变成紫色

我尝试在藤椅上

和这夏夜周旋

我们只是游戏

却被回忆当真

记得当初

我为躲避故土风尘

成了永久的路人

如今　每逢独处的夜晚

我都会回去……

回去　不为在那里永生

只为重新走进今夜

关紧你将离去的门

将这一路

徐徐道尽……

夜河

◎ 2017年8月7日

一朵花睡去
伴随着一个夏天的消亡
我为到来而来
却在到来之时告别
是谁结束了这个季节
是你于黑暗中
张贴在空中的字眼
还是你扛着所有月光
离去
寻了一条银色的夜河
夜河
在刺眼的霓虹中烧得滚烫
我将投身于它
使它无尽流淌
充满血性
夜河
你跋山涉水的叹息
也熄不掉那黎明的火光

儿时

◎2017年8月13日

我一直在等你
在你的字迹下面
在半掩的门边
在你遗落的灯下……
灯下
是默然泛辉的窗口
我和它相处甚好
它把光投进屋子
越过独坐的我
投在那颤抖的门上
门上
是一行儿时的字迹
我整夜地默念着它
直到　我的声音
永远留在这里
这里……
我曾在这里
梦见过外面的一切
可此刻
即便那灯光是我的
我已　不知归期……

真　相

◎ 2017 年 9 月 1 日

你荒废了生活
以为那装点了你的心
直到你发现孤独的真相
是无力索取
所以
你从每一个过去跌倒的地方
同时醒来
用每一次呼吸
经历一次生死
每一回心跳
越过一道悲喜……

人 们

◎ 2017 年 9 月 23 日

曾念过那么多字句
今生却用什么回忆
如果生命尽头是无尽空虚
那我想此刻只是提前适应
人们只有生来和死去
没有别的目的
还有少年时的糖和青春时的雨
那浩瀚后半生
所挡住的去路
从未听到回来后的人们提起
就像此刻
我在一片荒野上
通过一座拥堵的桥
拥有下车的勇气
却没有下车的依据
那随行车轮翻滚的回忆
和那荒野一同升起
你已离开多年
哪里又不拥挤……

识你

◎2017年10月6日

我想　我们相识的时候
应是我最爱的秋季
你捧着一本书
路过一棵梧桐树
恰好你发呆看地上的叶子
我把它捡起送给了你
我想　我们相识的时候
应该也是这样的傍晚
风微凉　却恰显茶暖
我们都许久没有说话
忽然　一缕洁白飘入
你在无声地看我
我在等月亮升起
我想　我们相识的时候
该是这样的夜晚
小村外　长长的街上
一盏即将熄灭的门灯
你在门里　听到犬吠查看
我拎着十七的月亮
讨你半边过夜的床沿

海鸟

◎2017年10月11日

这床　四面是海
偶有几只海鸟
也难传讯息
身下的独木一点点烂掉
我本可以纵身一跃
然而我早成了这朽木的一部分
我成了一片叶子
一片遇水飞扬的叶子
这生活　四面是海
也包括这间屋子
包括这盏飘在水面的台灯
若不是我蒙了一块棉纱
谁知它会发出怎样的光
随水而去
四面的海　包围了一切
只留下两个出口
一个需要翅膀
一个需要重生
我成了那海鸟的一部分
生前曾是逆鳞

我的江河湖海

◎2017年10月25日

再看一遍我的江河湖海
我便投身于一处
专职于文明的统治
专职于弱者的姿态
再看一遍我的江河湖海
我的到来
将唤醒那片大地
沉睡一大片野鸽
所有不发出声响的
醒来……
我在人们命名的那座山下
隐没了姓名
在人们未命名的那丛云下
隐没了肉体
从此　无论我去到哪里
我都不复存在
从此
无论我投身何处
我是我的卑微
我是我的微笑
我是我的江河湖海……

此　生

◎ 2017 年 11 月 22 日

我们从一抹夕阳下倾泻
流经这个世界
日子长长短短
或是独行
或是人群为伴
我们　就在这些前前后后的拾取中
忙碌成一个滚烫的生命
深有寂灭
浅有虔诚

回到

◎ 2018年3月8日

我沿着一条伸进天际迷雾的路
被一种无法察觉的力量推动着
我想说的是
我想摆脱它
我想回头
回到春雪泥泞的上学路
回到远处母亲升起的炊烟
回到我的高高院墙上
我想爬上儿时我的脸颊
摘下那颗夕阳
放在此刻我的心上
我向着一个目的不明的方向
失散了那些大笑的我　痛哭的我
和一把木手枪射中的村庄
我知道
我长大了
我将追随美好而走
背负着曾经父辈的忧愁
一袋米　一顿酒
我总是妄想
我终将回去
也许就在今夜
当我侧卧沉睡
它就会在我的屋顶降临

放

◎2018年3月26日

命运的小鸟
扇动着善与恶的翅膀
停在灵魂的枯树上
没有一丝风
风　停在大地上
它宣告一棵枯枝
没有权利动摇
一个决意已久的
放
放　不是星辰与大海面容的交换
亦不是梦境与夜晚的一世长谈
放　是呼吸之间
永恒的见
见一棵灵魂之树
日夜长眠

秘密

◎ 2018年4月13日

一次热烈的呼吸
生命再长
都是多余
一个念头的摒弃
当下再短
都将绕着一个真实的心动
流淌　贯穿
这话尽空无的躯体
那空无
如一轮圆月
在阳光呼吸的间隙
找到一朵莲花盛开的秘密

雨

◎2018年4月22日

我
从你没有去过的地方赶来
在夜空之中隐没了裙摆
你
从没有停下独自旋转
在我到来之时低头等待
那一刻
相拥的那一刻
万物生发
冬去春来……

接受

◎ 2018年4月28日

没有什么
能满足一颗欲求不满的心
哪怕是
奔涌一生的血液
终是无法倾注
一次完满的心跳
你若不接受生活迎面而来
她便一直
含苞待放……

每次

◎2018年5月3日

每次你低下头

庄稼在田地里生长

你凑过鼻翼细闻

惊起飞鸟　遗落夕阳

每次你低下头

路在不远处凝固

你拾起泪湿的泥土

风雨未动　冷暖未宿

每次你低下头

梦和手脚垂在风中

你死盯着跳动的心

目光呼啸　意念奔流

每次你低下头

看到脚下那棵独摇的树

它也没有方向

它只有向下寂寞

向上生长……

心事

◎2018年5月5日

在这个艰难的日子

回到了人烟稀少的心地

躺下　坐起

都放不平心事

车窗中的场景

略牵心念

起伏的电线

由南到北的琴弦

身旁的人们

生命各处皆谈

车轮摩擦铁轨

掩藏了一部分叹息

我卧在这光景和琐碎中
完整了一份独处
远处斑驳红碎的屋顶
从一片片绿树中透出
我想知道
那里的人
如何理解这辆穿梭的列车
他们是否因为这里面……有我
有我的交错
而凝神片刻
还是刚好
在他们凝神之中
我驾着我的白马
恰好
在他日子的空洞里经过
隧道　隧道来了
耳鼓轰鸣
岩壁就像黑夜的边际
深入时空的腹部
孕育一颗恒星
护卫众生……

祈祷

◎2018年5月28日

我向着那世界上
最后一个夜晚祈祷
祈求它降临之时
繁星不再升起
不在黎明到来以后
与我分离
我向着那世界上
最后一个夜晚祈祷
我会在那夜
点燃所有的酥油灯
匍匐在一盏灯下
把粘满灰尘的影子照得通明
若有一天
那夜真的来临

我会忘掉那执着于快乐的自我

我会忘掉这世间一切的梦幻

我会把自己装进一盏灯里

去拥抱黑暗中

最微弱的光明

直到这世上每一个人都见过了它

它蜷缩在未开启的心里

像一颗休眠的种子

像一个瑟瑟发抖的孩子

不停地重复

把思想困在

这呼吸以外的轮回中

安住

◎ 2018年5月30日

这所有牵动着我

像一个陀螺

转动了所有方向

拼命地甩开自己

仿佛一切的追逐

都比灵魂本身更重要

我就住在我的灵魂里　哪儿也不去

一颗心的安住

超越怒喜思悲幻象

一切如来如去　似有似无

行之以定山海

静之以止此心

博之以天下皆我

微之以一叶承身

我随风而走

所到之处　再不起风

我随雨入土　所入之土

必生黎明

儿时

◎2018年6月1日

亲爱的
你看那只鸽子飞了
它把金灿灿的阳光
抖落一地
亲爱的
你看那低矮的屋檐
盛着五月的雨
在滴落的瞬间
已化成绿苔的样子
亲爱的
我是不是你儿时见过的样子
一架纸飞机
别在我腰间的布条上
傻笑着掠过老屋门前的你
亲爱的
那是不是你
站在我最熟悉的村巷里
用我最熟悉的手势
画出再见的语气

无关

◎2018年6月15日

我看到时间外面
游着一艘白帆的船
不知从何而起的风
把毕生的海
溅上屋檐
你听呀　听呀
咿咿呀呀的风
搓碎了年轻的树
落在窗上
叶子和心念
混成一片
一片……
夜色昏暗
拾不起片刻
片刻清闲
我放下心中的手脚
把尘世的痕迹擦去
偷听世人耳语……
若不见我
与我无关

旅途

◎ 2018年6月24日

在一个哑然无声的早晨
汽车没有发出声音
往来的风没有发出声音
十公里柏油路没有发出声音
在离行的人群中
只有我没踏上回归的旅途
在这个哑然无声的早晨
送别的人群布满了这座
不曾告别的城市
沿着余光退去的摩天大楼
在经过时尽数倒下
眼前已是无边的平坦
身后是废墟填满的海
海中
睡着不曾告别的人们

捏造

◎ 2018年6月26日

当时间的潮水退去
所有躯壳与意义
在岸上腐朽
虚空之海收起了
临光而起的灵魂
它们全部归于
一座名为“妄”的灯塔
在那里俯视前世
意识的迷雾……
今生
将没有人会被告知
你的世界里没有别人
你最出色的作品
是囚笼与自由
女娲的后人们
继续捏造着心中的一切
将没有人会被告知
你的灵魂
归你的肉体保管一百年
却归无尽虚无……永远

鸽子

◎ 2018年7月7日

愿你终将
如迷雾里的鸽子
在一切无意义的边缘
笑着踱步……
你把屋前透进黎明的门打开
也打开那些透过黑暗的窗子
从此以后
你就不再讨论黑白
也不再依赖翅膀
你学着走路
一摇一摆
像是一只飞越须弥的鸽子
拾起所有温细的雨
落在窗台……

交付

◎2018年7月9日

我将生命

交付给往来的风

它予我春夏秋冬

予我生灭枯荣

我将生命

交付给太阳月亮

它予我寒来暑往

予我日短流长

我将生命

交付给漫漫余生

它予我生死离别

予我无尽前行

我将生命

交付给了一个夜晚

它予我一把蓬生的胡须

一个让我心安蜷缩的夜空

永恒的安住

◎ 2018年7月15日

无须相遇和离别的字眼
你在哪里安好　我知道
我呼吸着一整个世界的空气
那里面有你
无须世俗或超脱的定义
你在哪里行走　我知道
我行遍了有生之年的土地
那上面有你
无须远离或是追随
你在哪里生息　我知道
我的身体内是另一个乾坤
纵是你的眼光
横是你的呼吸

希望

◎2018年7月22日

有一天　我醒来
这世界　成了你遗失的回忆
你带着一切对自由的好奇
挤过围满人群的栅栏
奔向三万里自由之地
我沿着必将寻找的路
去开启每一次落空
那些你必然走过
而我只是似乎走过的地方
闪烁着贯穿一生的去向
于是寻找
陷入困境
我回到那不属于我们的栖身之所
把大门向全天下敞开
你和你的祈祷　终获自由
漂流在每一片夜空下
我将那被星光擦过无数次的窗子
涂上抄经余下的金漆
希望　你出走时
有岁月的黄袍加身
有悲悯的神明护体

合十

◎ 2018年8月12日

我无助于岁月变迁
便将双手置于尘烟
我无助于无常幻化
便将双手合于心前
合于心前
不放在过去
不放在未来
如我闭眼是他界
如我睁眼是此生
我只合着手　坐着
在一切宇宙不动处
幻化着一缕停在空中的风
一直吹　一直吹
直到它凝固了所有意义
才开始去动　去追
我那手中握着的
轮回之门的钥匙
和解脱受缚的心魂

坐念

◎ 2018年8月27日

你　如同那暗夜之光
穿梭于人世　看尽苦与谜
你　在无梦者的心中停留
把那冰冷的　绝望的魂魄
置于你的火焰
你　将是我见过唯一
一坐千年的人
却纵横着人们心中的四季
无明的生死离别
你　当我呼唤
唤我烦恼中的火焰
唤我无明中的月华
你
便是安住于心的坐念……

回到

◎ 2018年9月29日

我无数次地仰望你
却只有一次
行在你身旁
那感觉
就像我终于回到
写满我名字的故乡
我在那里
找到我的印迹
找到我的呼吸
找到一次安然的伫立
你啊……你
你是否看到了
这琉璃夜色下穿行的我
像不像曾经
我走在故乡下着雨的街
街上满是星星
心中满是欢喜

安生

◎2018年9月30日

我发誓将行走的大地

莲花遍地

我踏上一个光明的旅程

只为寻求我自性的安生

我曾彷徨于任何

迷蒙我双眼的世界

如今却以此依傍我不动的信心

过去　现在　未来　于我

皆是不明的黑暗

我闭上眼

将手脚贴在大地上爬行

无论我曾听过怎样的不同意见

我想我终于在彻底迷失中

放下了我
和我的全部偏见
当我一言不发
当我一色不触
当我一鸣不闻
我感觉到土壤在震动
我感觉到雨水在上升
我感觉到我的呼吸和血液
流进那黑暗低沉的大地
我感觉到了我
发誓将行走的大地
一片通明………

鸽子

◎2018年10月30日

清晨
将一只手伸出窗外
握紧那飞行的鸽子
将灵魂　拖进轻扬的晨光里
在这晨光之下
有一片土地在酣睡着
没人告诉它会何时醒来
所以路过的风很轻
甚至不拂过那垂下的微尘
鸽子落在银色的经旗上
过去　和以后的朋友
排着队赶来
只是刚到这寂静边缘
便化作了一只只鸽子
飞过我的窗口
无数次地将我拖出
停在　那白色经旗
即将翻飞的　寂静之地

烛火

◎2018年10月31日

你是不是在夜色之中
见到廊外的灯
想到我
是不是在另一个夜色中
无人怀想　空余一生
所以你问起我
以一丝暖意
和许多孤独
要知道
无论多少人走过
或是正在到来
我不是夜色下的明星
或是暗开的花朵
我只是那盏灯
不知谁点亮
不知谁熄灭
只是引一个人
凝重坐下
想起他
最无求的时光……

黎明

◎2018年11月3日

一旦黎明升起

笼盖这遍野众生

人们四下逃散

那被真理驱赶的人群

如野火般

终是连同那天际也烧红了

也未能描得黎明半点儿模样

一旦黎明升起

请将心朝向它

要知道　只有它

知道这个世界

和你之间的秘密

要知道

朝阳吻遍大地

才触到你的眼光

万万分之一

此生

◎2018年11月13日

那将不是你的终点
白火　赤幡　升腾的心
那将成为你的归处
墨境　金龛　平行的念
那将从此
秩序的
喜乐与烦恼
成为你生长的土壤
与解脱的熔炉
你来来去去
茫然一人
天地怜你
才作此生……

月光

◎ 2018 年 11 月 29 日

又是一个宁静的北方夜晚
大雁安眠　群山浮语
你对我说　好美的月亮
却将我所有的生命照亮
生　多长
雪　一个冬天就化了
你依然踏着步子
将手举过头顶
对我说
那些所有漫长的夜晚
都会落下一道月光
架在黎明的云上
却像你我此生如一……

都会过去

◎ 2018 年 12 月 5 日

十二月的阳光照在　人心上
一切都会过去　是吗？
蚱蜢蛰息在冻裂的大地下
一切都会过去　是吗……
带着冰碴儿的溪流转过山角
一切都会过去　是吗？
我和你拥而未抱　相逢一世
可一切都会过去　是吗？
是的　一切都会过去
只是我将我的使命
和你的生命融在了一起
我们一起成为过去
好吗……

两个明天

◎ 2018年12月6日

天明时
我会带上我的梦境
和一篮刚摘好的星星
回到尚不知故乡以外的童年
我已经走得太远了
远到往前一步
已无路
天明时
我会让我的志愿
和今夜的火海一同落去
沉寂在光芒的大地以下
成为你
示现我全部的无明
我将睡了　我的希望
且只给我两个明天吧
要么蓝色的莲花开满大地
要么金色的云朵开满空中
我将睡了　世界
若没有遍布人间的奇迹
请勿将我叫醒……

我

◎ 2018年12月15日

那一年
命运的标枪投向我
我没有来得及躲
被扎了个稀巴烂
记得我死后
世人的意志投向我
我也没有躲
我说
命运拿不走任何一滴
在我心上流着的血啊
因为
它们赤条条地
属于我

无求

◎2018年12月18日

我　有很多期待
从前　它们是我的存在
我希望　有一瞬间　我放下了那些期待
在一场人间的行走中
凭得自心　无所外求
向夜求默　向昼求静　向己求全
一得不如一放
一偿不如一施
一思不如一定
一动不如一静
感怀梦境　那场风月中　笔笔丛生的白树
待我远行离开　回头望你
方知今生所有为无　所得为梦
若今生风雪载途
不知来生梦醒何处
有衣御寒否　有你赠予的念珠否
得以像此刻这般
风雪虽大　梦境固深
仍能……听闻雀声……

若见

第四辑

2019—2020年

雪崩

◎2019年1月1日

在这一天
和所有你不能回去的地方
告别
告诉它们
要永远保持当初的样子
在这一天
和所有蒙在大地上的晨光
告别
告诉它们
我一旦经过
就会出现一道黑色的虹
和一缕纯白的想念
在这一天
你告别了所有
认为重要的
烦恼或幸福
你爬上了那座只有一个人的雪山
一场雪崩
清静了你的尘世
和即将升起的轮回
你有和那个自己告别吗
在那个飘向灰飞烟灭的风中……

同行

◎ 2019年1月14日

你看那高山巍峨
但它从未停止对天空的仰慕
你看那万物葱茏
但当它停下来时
从未在谁的认同中显得荒凉
我同一群人一起
走在日月之中
我们方向不同
但是起点和终点
从未不同

烛火

◎ 2019年1月26日

一生再长
我只想今夜守着这烛火
夜不落
烛不灭
就一直这样
外面再热闹
我只想今夜守着这烛火
我看着它
它看着四周黑色的围墙
我们很安全
就一直这样
在那个夜里
我感到了所有明天的秘密
甚至是烛火的熄灭
即将引发的寒冷
我拉了拉被角
窝在没有暖气的木板床上
斜卧在这老旧的别墅角落
我想起了曾经的我
就一直这样……

你

◎ 2019年1月31日

在一个起不来床的早上
我发现我想你了
是啊　我很久没有想你了
自从我们熟悉了以后

刚才我把一只黏人的猫关在门外
关了床板上的电热毯
我想安安静静地想你
像此刻需要一杯温水般的
干燥的呼吸
在一个中午尚未决定午餐的人心里
住着一颗懒散的大树
又一个我蜷在树脚下
冬去春来
那大树是你……

故乡的雪

◎ 2019年2月1日

用转身的月光
打开心结
一片心思
落在银色的湖上
今夜无人送我
雪中倒影
深一脚　浅一脚
踏进谁的梦里
叫醒一个夜晚
需要一场遍布故土的
叫醒故乡的雪
却只有即将破土的嫩芽
和你迟迟未生的睡意

解脱

◎ 2019年2月2日

愈来愈静的呼吸
熄灭了灼心的火焰
我坐在明月之上
甘泉从头顶涌入
流淌着的白光
洗刷了一切时间上的污秽
我于当下想到你们
那光便带我与你们亲近
在回转的大地上
在无尽的星空中
在一颗心空无的那一部分
我从那里出发
经过你的每一个意识
我把一句永世的祝福留在那里
一切都会过去
一切都回不来
若我们放下羁绊
成全每一个脚印
那路便会铺满人世间
所有的安住与灯火旁
我们小憩
解脱在即……

鹰

◎ 2019 年 2 月 20 日

待到那只鹰落地
它的影子终将覆盖那一片大地
若你不曾仰望它
便会永久无法抬起头
若你曾在它的羽翼下游如盲蛇
也将终不再见得一丝天日
它的心留给苍穹
它的爪牙不会腐烂
它的眼睛窥透众心
它的慈悲是遍地的枯骸
以及万物葱茏

火种

◎ 2019年2月23日

闭上眼

举起眉心处的剑

三千年后

江湖不再是一只断臂

或一次生杀之宴

闭上眼

梦中有一处出口

一道光像是一把剑

刺进黑暗

那黑暗中有无数祈求

皆被斩首

手缚枷锁

止住了指指点点

一剑封喉

话　留给下辈子去说吧

我是那个血肉之躯

也是最好的火种

于是黯灭

浇红了一把剑

夜一般长

雨一般冷

呼吸一般锋利

赤红的剑……

那一世

◎ 2019年3月5日

寒冬来时

我赤脚站在雪边

看它下满了过去的年华

如同此刻的我

再向前踏出一步

便也成了一片……一片

那一世

人间的花木正盛

我折返于季节交换

在一场场搬弄春秋的忙碌中

瞥见一场虚掩生机的雪

至现在

过去的无去

未来的无来

不忍再多一次喘息

打扰灵魂的明净

和肉体的清白

守护一念

◎ 2019年3月29日

城市的火炬
即将熄灭
有业无业的人
不再行走的树木
开满一生的真言
提醒往来
犹如地球的陀螺
这城难以摆脱
于是双脚落地
更远的探秘
守护一念的执着

红鸟

◎2019年4月1日

若不是
那么多回忆无法归去
又何必
在今世的晨昏行走
像一只徘徊在水岸的红鸟
低头时总衔着胸前的羽毛
等到很多个季节过去
湖水依旧是红色的
天空却是它腹部的白
所以说
没有时光
飞得过一次遇见
那不知去向的红鸟
躺在了你身旁
像是你此刻一样寂静地
望着穿过屋顶的明天

路

◎ 2019年5月1日

在所有可以前行的道路中
没有一条
是你安坐下来
看开的那一条心路
在所有可以回归的道路中
没有一条
是你明白了远方无我
而不争得到和失去
天空中总是浮动着
嫉妒、不平和无助
于是你选择一条看得见的路
脚印处只有微尘做出了改变
你的心
就像它一样轻
当你足够渺小
却又保持静观
你就会明白
在所有前行和后退的路中
唯有你的坚韧和豁达
是摆脱一切无常的终点

黎明之鸟

◎ 2019年5月18日

我见到一只黎明之鸟

站在大地呼吸的间隙起伏

赤红的顶羽

赤红的脚

我沿着时空边缘飞行

想去捉住人类的第一只黎明之鸟

于是无论风霜雪雨

从未停息……

就这样几十年过去

我依旧在世界边缘飞行

日升月起

从未有新的轨迹

从未有新的动机

只是今天早上醒来

从梦中经过的沼泽照出

在我的心里

有一个火红色的黎明

夜幕

◎ 2019年5月23日

随着红色和黑色的降临
有人从高耸的烟囱中爬出
他伸手扯下晚餐的魂魄
丢给了饥饿的梦中人
随着那最响亮的一声哨响
所有夜幕下的风开始奔跑
在我还未安身坐下的瞬间
它们已经吃饱
一切是如此地容易满足
就像滴落思想的银盆里
不会再有伤害回忆的恐惧
他已经开始凝固
接受了风干和炙烤
在时间抽离的疼痛中
安心即生……

赶海

◎ 2019年5月26日

总有一日

我在黎明时分的海边醒来

那海霞照映着我

金色水波浸湿我的眉髯

眼光从一个搁浅贝壳中抽离

我

终于得到了我想要的早晨

可此刻

晚风啊

晚风啊

正把无数的夜晚

从遥远的海面吹来

我平坐在一块岩石上

看似安静
却牵扯了太多……太多的晚风
太多的晚风
扯不清关系
在我的胸口蠢蠢欲动
很多赶海的人
沉默地望
却跳动地想
我想打碎人们的虚伪
于是我拾起幽深的海面
甩在飘浮的星空
这时候
我听到夜风告诉我
它本是海的呼吸
却在我等待一次醒来的睡梦中
误上了海岸
于是海陷入沉寂
直至太阳升起
我
找到我的呼吸

宿命

◎ 2019年6月4日

我蒙着眼触摸大地
却没有触及任何
远方的气息
指尖是它永世的震动
和我短暂的相遇
你裹挟了我和我的所爱
绕着你　转动一生
而我站在你的眸子中
不可矗立　不能摇曳
我接受了你全部的爱和惩罚
像一个漂泊无依的孩子
体会着你不可撤回的宿命

夜晚

◎ 2019年6月15日

夜晚　是最初醒悟的诗人
不再歌颂光明
不再仇视黑暗
夜晚　是最难默契的同行者
晚归的孩子
黑色的棉花糖
墙根下溜去的野狗
在黎明即将到来的城市
无家可归
于是承认了夜空下的流浪
拉过一串未来做床
未来　希望是另一个夜晚
我早早睡去
院子里有星光池塘
鱼儿飞进了空中
妈妈关上收音机
孩子们抱着笑声入眠
光明和黑暗之间
一朵莲半开着
不向生死
不向涅槃

相见

◎ 2019年6月20日

有无数次
我经过自心的
红色河岸
你将我肩上的尘土
轻掸
只是熟悉
你的动作和热爱
却记不起
累世的耳语
和相见
这一生
我们又困在一起
你在你的过去
我在我的当下
他生　此生　共一生　这一生
临昏窗　风雪不停
我在我的忏悔
你在你的轮回
他世　来时
共恒长

愿你

◎ 2020年12月23日

当一滴泪流淌成一条河流
我在河底的卵石中睡眠
无法顾及的岁月
如同雪花和月光交汇
融化在行者的脚印之中
生命在送别谎言和一切爱意
也在送别光明和苦难
人们彷徨在一个声音之中
去追赶还是留在原地
没有最终答案
只有我
我轻轻握着你的手
把所有的掌纹交给你
那是我最深的爱
和最浅的悲怜
我愿你
永无杂念

起点

◎ 2019年6月28日

那些衣食无忧的人
只有衣食在身
那些拥有更多的人
衣食无喜
那些看起来为了理想的人
都在解决生存
那些实现了理想的人
再无理想
远行乞讨的孤儿
和树林间的阳光一样灿烂
街头嘲弄世事的艺人
懦弱得像是一元纸币
飘不进脚下的琴盒里
魔鬼从来把地狱当作故乡
庄稼嘲笑着野草短命地疯长
蚯蚓在泥土里善良
蚊子在星空下吸血
直到以世界最开始的方式
回到下一个轮回的起点

不语

◎2019年7月1日

你无止境地触动
万物的温度　形状
就像海水
追求海湾的舒适感
你把众多心中的事
分成两半
一半阴沉　一半轻浮
你的灵魂
经历过狂雨的洗礼
终于和大地融为一体
不是我言语耿直
而是昨夜的星光
早就堕落进万米深海
那里　没有想象
只有最直接的存在
那里　没有诗句
只有沉默不语的人

与你

◎ 2019年7月6日

我待在水里
像蒲公英的根扎在泥土里
我待在水里
像荒废的灯塔伸进黑夜里
我待在水里
像路绵延大地落不下影子
我待在水里
像凌晨的地平线浮动红色的星星
我待在水里
一只半睁的眼睛
一半浮出水面的青鳞
我将待在云里
待你出现
把风和雨温柔讲给你听

明天

◎ 2019年7月10日

今生　遇见得太多
就无法从悲或喜当中
体验真实
明天　仍要做那个坦荡的角色
不欺瞒任何未知
不傲慢任何已知
如一只自由的麻雀
可以得到每一棵树
如一只渺小的蚂蚁
可以躲过大地的思考
明天　如果我仍是虚妄的
我希望我可以在所有的意义当中
找到放下的意义
正如我在每一个夜晚
都放下了异乡的幻梦
回到阳光和雨露最平常的故乡
拯救每一颗童年里
沉入深草丛的石子……

等下一个黎明

◎ 2019年8月4日

坐在此夜

关心的人都睡了

拉上一层厚厚的帷帐

从早到晚的忙碌也停下来了

我听见楼下不知原因鸣个没完的蛐蛐　开始羡慕它

在明天到来之前　根本不用思考

而它给听着的人　一次偶然专注它的鸣声时　听到自己的呼吸声

百无聊赖的平静中

我总是在等待

等风声小了些　等夜再暗些　等我可以毫无察觉地睡去

等一切在一场长长的黑暗中消失殆尽

等下一个黎明

等下一个黎明

我们都握住了牧羊人的皮鞭

把羊群赶向东方

等下一个黎明

我们收集沿途的诵经声

把字字句句挥向蓝色的雪山

等下一个黎明

一把念珠　一颗素心

我会在你无法返途的山口唤你

等下一个黎明

晨风吹起的五色经幡

会晕染祈祷者的心灵

让每一个孤独的灵魂

深安……

我无法在与你相遇的路途回身而见

于是我高举双手

握着你给的信念和力量

我和黎明不是约定相见

只是它在哪里等我

我不确定

也许独居深海

也许时间终点

再见它时

我不笑　我不哭

就像它会看着

每一个找到它的人

给他万物的语言

给他预知未来的能力

给他一枚五色的种子

和一颗匿名的星星……

我在黎明来临之前

心中满是光明

眼里却充满黑暗

我不会拿起

异乡的一草一木来安慰你

因为它们

从来没有区别

只是人们

心有不甘……

子夜

◎2019年8月11日

深入一个子夜的耳朵
是无数于夜空中飘浮的星球
星球转动
发出的声音摩擦着台灯下的老佛珠
我虔诚地向寂静做出表达
它却不动声色
似是供台上沉默的佛像
一切朝拜者的心声
便是他要拒绝的话
深入一个子夜的喉咙
是一个暖水杯宣泄出四十五度的海
整个身体在它外面飘浮
是谁，托住了祈祷者的眉心
告诉他　梦想回来的时候
你要把它轻轻地放在一盏灯下
与它轻谈今夜
喉咙是沉默和呐喊的母亲
一旦注视结束
这一切便会长大
是谁的瞳孔
举起了佛像上的双手
想回到一个安坐灯前的窗口
与自己　住在一起……

若见此心

◎ 2019年8月19日

你曾如万千众生

执虚目幻

所患所惧　所慕所痴

往来无尽

你曾如万千有情

贪虚妄真

所苦所难　所乐所愿

全然不知

你

在何时醒来

心方安住卧榻

清风有如云来

月净有如甘露

你

升起何心

皆似落于水中

你放下何意

意皆如一升起

听·见

◎ 2019年9月16日

下雪的阿尼玛卿山
遮住了它观望红尘的魅眼
我只能倾听
它目光中的流淌
度母的手心生出甘泉
下雨的阿尼玛卿山
模糊了它世间的蔓延
人们追随至此
把灵魂的哈达披在云间
我走后的阿尼玛卿山
你的四季在我心中旋转
我若没有把躯壳带走
请你把它搭在你的马背上
不停地　不停地……
听见踢踏声
听见你的马鞭……

故人

◎ 2019年9月30日

你是一个什么样的人
是一场雨中　披着蓑衣
敲开一扇木门的流浪者
还是手提油灯
为风雨中叩门声
穿上外套的独居者
就在明晚
我们就相遇吧
在临近窗口的木案上
温那壶老酒
如果我是你
我就专心地为你倒上

一碗一生的老酒

如果你

在风雨声中

默不出声　坐进烛光的暗处

我便会停下讲那扇门

进出的故事

这些年月　变故很多

我们都老练了许多

我们却更想念从前的自己

这些话　是我自言自语

说给明晚听的

明天晚上　你要是来

替我打开门的

定是这些言语

和奔袭了尘世千里的

满满诚意的故人……

念

◎ 2019 年 10 月 5 日

我和黎明远山
最后一次见面
他挥舞满山的树
与我告别
我和长路
最长的一次相处
是我再难追寻
停下了脚步
我和你
最好的一次相遇
是这场不完美的人生里
一人忧伤　两人欢喜……

再来人间

◎ 2019年11月5日

长长的列车
在阳光中
温暖的轨道
和不曾穿过的树林
旅途是一种假象
以为去遇见
其实去重逢
今日的一切
都被同一个太阳
抚摸千百遍
我们也是
无论终点换成哪里
都会被曾经相伴的人认出
因为我们出发的地方
叫人间

今夜

◎ 2019 年 11 月 13 日

我的心
在今夜　将覆着一场大雪　静谧地睡去
在除了月光和游荡的风以外的人间
放下一切期许和遗憾
我和身外的一切
保持一种相对的关系
而和我的心
保持一种绝对的亲近
无论是卧在温暖的床上
还是卧在流浪汉的身边
我都不会被心外的世界打动
我就想和一个不动声色的心待在一起
不喜不悲　不怒不哀　不动不静
不失望　不期待

十二月

◎ 2019 年 12 月 9 日

在一个阳光飘荡的午后
地铁穿过了城市的尽头
我把心捏成一团
丢在角落里瑟瑟发抖
有很多天我已不再说话
我只想闭上眼睛任时间漂流
无论它把我带到哪里
凹陷的心足以成舟
我想我和十二月的冬天一样
不喜欢笑　时日无久
我想脱掉这身虚假的皮囊
岁月生灭
永垂不朽

你的故事

◎ 2020年1月16日

当你倒满酒杯
灯下空无一人
于是你走到窗边
远眺万家灯火
你问自己
这世上究竟是什么使你深爱如旧
可夜空之中　没有答案……
你回到属于你的椅子上
默然垂思
却发现酒杯中映出的岁月
正一点点挥发
于是你一饮而尽
让过去繁华
融化在漫长的夜里……
你说
如果明天会来
那将是一场大战
在争辩是非的光明或黑暗里
终究不分胜负　只有苍生悲凉

彼岸花

◎ 2020年1月17日

有一种花

是开在火里的

自从我听说　却从未相信

直到今夜　我们相遇

我恍然大悟……

真理的沉淀

是你的土壤

金黄的酥油

是你的甘露

洁白的灯芯

是你的躯干

朝圣者的信念

是你的呼吸

你的种子

是愿意舍弃自我一切

火焰般的心

你之所以光明

是因为你光明了自己

你之所以灿烂

是因为你把一切有相点燃

你亦在这世间

亦不在这世间

你在地水火风的中心矗立

人心明白时　你隐

人心茫然处　你现

还有还有……

如果说这日子是我心中的一簇火啊

那么你　终是开在我心里的一朵花

从此

◎ 2020年1月20日

所有晦暗都留给过往
从此凛冬散尽
星河长明
所有不舍都存于今日
从此泥土温暖
众生苏醒
所有希冀都交给未来
从此山高水远
一心蜿蜒……

信仰

◎ 2020年1月24日

你也许不会知道

是谁会在时空的裂隙当中

窥你潜藏的真意

你也许从来孤身一人

笃信一个虚空当中闪耀的力量

明白爱是解脱　无畏孤独

你也许会在任何一个地方

突然醒悟

生死之间是轮回

生死之外是无余涅槃

但当他窥你一眼

即便你已经历尽世间山河

心中划满沟壑

但这一瞬

就像此刻

这片天落下一只蓝色蝴蝶

它突破裂隙飞到你的手上

你会无比惊叹

有些光明的降临

终是你心中有关于它的信仰

真理

◎2020年1月26日

你不太可能成为
站在星光下
独行于银河的人
你也不太可能
拥有银色的光辉
因为恒星
没有选定任何一个众生
成为它的后人
你就请回到你的洞窟
将风雪声放下
别再去追逐那些
浪迹天涯的梦
因为你的孤独
不是无人能懂
恒星因为孤独
变得炽热
无法靠近
所有光与热
都来自于无法触及的
真理的燃烧……

格桑花

◎ 2020年1月28日

你对着一颗太阳怒吼
在一片云彩尽头
沉睡雪山的红色高原
栖息着你弃而难寻
白色的梦
你把手脚收拾得干净
为了行走
在那片星海倒影的湖上
红嘴鸥的身影掠过
晚霞和赤月
你仰望的一刻
流淌进了银河
你沿着银河追赶
那里面倒映着你的人间灯火
灯火深处
你已倦怠
便向夜的更深处躺卧
我无从走入
徘徊在天际的白塔
当你沉睡
只当这是梦境
我才会捧出你最爱的格桑
一朵、一朵
种在所有你看向的远方
无论　那是此生的离别
还是永世的迷惘……

无常

◎ 2020年1月30日

无常来临之前
我嫌时间走得太慢
无常来临之时
我嫌时间走得太快
时间这条长路
究竟是该急行
还是驻足不停
我没有做下决定
这就是我的颠倒……
这就是我
无法在无常随时会来的一生中
获得安生的原因……

如此

◎2020年3月15日

在千千万万个呼喊声中
我把你的名字
写在了你的后背
如此　你一转身
就如同一个生命
转向光明
在千千万万次挣扎中
你把我的手
握在你的手心
如此　我一醒来
就如同一个黎明
切临梦境
在千千万万个日子里
我把你的名字
写进了我的心里
如此　前路虽远
却如同这颗心
在你臂弯……

行者

◎ 2020年6月29日

在最远的那座山上
有我藏起来的希望
我未曾带它离开
是因为想要看到它的生长
在最漫长的那条路上
有我奔行的梦想
我未曾和它相见
便转身离开　回到了我的故乡
我经过了这世上最宽的河流
也曾睡在它的胸膛
我经过了这世上最高的山峰
也曾摔倒在它的心上
我和我的路和远方
都留给了这一生独行的时光
我和我见过的每一颗心
都约定了来生微笑的模样

唤醒

◎2020年6月29日

用一个晨曦唤醒大地的力量
拥抱你
用一个流浪世间的梦
去慈悲尘埃和众生
天地间行走
凡能放下的自我
辉煌如星光
凡能合十的双手
静默如银河
我在所有的宇宙以外
爱上了一颗星球
它继续转动
生灵相互靠近
真相在不断升起
死亡和生命的缠绵
如同我行走过的脚印
固然深刻
却不清晰
所以
我只有忘掉我才能记起那些脚印里的
归期……

苦难

◎2020年8月10日

比起人们的苦难
我更愿意相信这一切
是一场梦
苦难的幻象
是穿过一场夜的风雨
掌灯的人
口述的过往
是被他叫醒的人
闻着的新鲜森林
潮湿的味道
比起那么多的日夜行走
我更愿意相信
无论你秉持多少忏悔
你的命运
将受你灵魂的光的指引
去往一个究竟之所
唯有自在
日夜穿梭

城市

◎ 2020年8月13日

在一座没有欢呼声的城市中
做一棵盛开的树
在人人可见的阳光明媚下
低头赶路
一群蚂蚁不知所措地跟着我
祈求一滴汗水落下
度过旱季的饥渴
我头也没回
听见它们的脚步声
叩响大地
深入泥土

无声

◎2020年8月31日

每一个睡不着的晚上
总有个声音来提醒
森林的深处有一只鹿
保护着星光中的万物生灵
……
跋涉一生的旅人
和每一个此刻简单告别
准备一堆篝火
和一个即将燃起的黎明
……
当一切误会到来
沉默就是他的正确性
我划亮了火柴
看到熄灭的萤火
和河流映射星空般
流逝无声……

梦境

◎ 2020年9月7日

当我驻足人世凝望
我见你漂流如烟
泪如雨线
当我转身寂然而去
不知来生哪片云
有你心魂
你曾经全部的祈祷
像一棵暴风雨下的树
将生生世世的尘土
摇晃而掉
我打开了梦境的
最后一扇门
门外有风
细弄欢笑……

相遇

◎ 2020年9月16日

我和你　最好的相遇
是经过那场人世
我闻到你的气息
你唤我出离梦境
……
我和你　最好的相遇
是经过生生世世
我的手总在你发际
捻下星光的雨滴
……
我和你　最好的相遇
是在一场尚未落下的雪里
我见到的一切柔软和洁白
都是你的踪迹
……
我和你，最好的相遇
是未见面时
你已如我
我已如你
……

同行有你

◎ 2020年9月16日

有一天
在一个最美的傍晚
我拖着我慵懒的身体
朝向一个有光明的方向去寻找你

有一天
我伴着这世上最好听的音乐
回到了你的心里
在最后我和你的心相互凝望的时候
我看到了所有生命的涟漪
他好像在对我说：
如果生命还能再见
我希望每时每刻都能见到你

我转过头
莞尔一笑　看着他的眼睛
我知道那是岁月给我最轻柔的拥抱
有一天
也许我们相安无事
只是坐在一起

你看着我　我看着你

你不作声　我也沉默无语

在所有最好的年月里

我希望都是这样度过的

有很多无声的陪伴

有很多颗温暖的心

有很多个我和你相互偎依

不知道这已经是多少个日日夜夜

不知道时光究竟流淌了多远

恍惚间我们走过了山海

走过了风雨

走过了所有最美的遇见和最难忘的分离

我们从没有微笑　也从没有哭泣

只是在离别的时候

轻轻地牵起你的手告诉你

不管未来多远

我一定会去寻找你

直到有一天

无论你在哪一片云彩之下

无论我穿着什么样的外衣

你在那里　我在这里　你都可以听到我的心

我知道那个时候没有路是遥远的

没有天空是灰暗的

没有苦痛是无边的

只要你呼唤我　呼唤我的名字

我就会站在你的心里　挥手致意

我会告诉你

所有经过的难忘都是时间的礼物

所有痛苦和别离

都是我们未来的归期

所以我会一直站在这里

看星星转动　看白云流淌　看飞鸟飞远

看着世上的一切

绕着一颗心转动

从不停歇

直到我再一次遇见你

你把天边最美的那一朵花

放到了我的手里

你告诉我　未来不远、相伴无期

若见

第五辑

2021—2022年

青春

◎ 2021 年 3 月 11 日

今夜
她握着菩提入睡
就像一个孩子
在月光的银色之中
打开黑夜的大门
是最后几颗闪亮的星星
我数着它们
一闪一闪
最后数成了青春

如我如你

◎ 2021年4月29日

当我行走在这大地上
让我想起了曾经我践踏过的一切众生
都将苏醒
于是我匍匐下去
虔诚地放下每一根手指
深入泥土
我的头脑开出了花
我的心如同春雨般流淌
在每一粒泥土下低吟
我忏悔
每一个念头下的色彩
都反衬着一颗心的黑白
我知道
当我是我
如入泥潭
当我是你
才算清净

我

◎ 2021 年 4 月 29 日

有一个我　寒林中独行
有一个我　人群中奔涌
有一个我　寂夜中独鸣
有一个我　群梦中高歌

我　不在你的食谱之中
却成了你狩猎的目标
所以我逃亡于这个蓝色的星球
在生命无法延续的地方
寻获仅有一种可能的存活
我在生与灭之间
完成了人性的隐藏
和佛性的嘱托

红尘

◎2021年6月13日

红尘中
我撇下一抹眷恋
如爱丰盈
如梦轻婉

我闻这六月的风
醉了
跌入你三月的心中
唱起了销魂的灵歌

人间
有很多我不应该痴迷的意义
一切所得
应做布施
一切所失
应做供养

于是
我得到了我
而布施一颗心
我失去了我
而供养无边众生

等待

◎ 2021年6月19日

不要问

星夜与火点燃的翅膀

问它

光明衰灭在哪里

不要叹

把至暗的那口气咽下

升起

一段告慰未来的回忆

不要说

邪恶的念会四散各处

撑起

身躯和痛断的此刻

……

一滴泪　足以说明

一切眼睛都是罪恶之源

一切听闻都是魔鬼的触角

伸向灵魂的三角地带

让堕落和飞升

诞下不二的等待

……

一棵巨树

◎2021年9月4日

有时候人的一生

都在为曾经的一个贪念付出代价

它似乎永远不会停下

直到有一天

有一个人坐在一棵巨树下面

某种原因

他起身离开

而他虚空的本体　却永远地坐在树下

自此　他彻底明白了曾经的真相

只有他的心永远地坐在那棵树下

才不会有什么摇动它

即便是多少世的风雨

即便是恶兽凶煞

因为没有什么能够触犯他的心

除了月光、星光

和巨树的生命

心如花开

◎ 2022年3月18日

我穿过春天
最后一道暖阳
拿起她亲吻过的峰峦
和寂静的喘息
我像一片飞落云巅的雪花
看见了这尘世
温柔地旋转
我对所有路过的树林呼喊
祈求林中的飞鸟
抖落身上沉睡的雪花
去探寻夕阳下
最后一抹穿行尘世的光
没有更多的时间
和时间以外的等待
当大地摇曳
当行者归来
当星辰暗去
当长梦掀开
我定抚去所有
覆盖在心上的尘土
将它掸落
将欲望的掌纹掩埋
就像填满了此生所有沟壑
平静对待
心如花开

行路

◎2022年4月18日

我凝望尘世的双眼
在你的呼吸声中凝断
将流淌过星光月光的泪珠
洒进你一世执念
若要回头
请原谅那些冰冷的夜
和刺骨的枷锁
若要回头
请握紧手中的火把
和天际的经幡
请你前行吧　我的孩子
一定有一天
我会在你的路上出现
让风吹起　让雨飘落
让一切发光的灵魂
为你指引归心之路
为你念诵那震彻天地的真言

不曾

◎ 2022年10月21日

我不曾见过这世间有任何罪恶
我只见过受罪的人
我不曾见过有任何消不掉的苦
我只见过不愿意的人
我不曾见过这世间有任何变化
除了一颗心不得安宁
我不曾见过这世上有任何永恒
除了忙碌不知停息的人
我不曾见过你
但我知道你
已在我心里

借

◎ 2022年10月26日

为干涸的眼窝
借一片海
为幽暗的城
借满天繁星
为静默的你
借繁华世界
为孤独的你
借了众生

眷恋

◎ 2022 年 10 月 26 日

于千万人群中
你我相遇
在红尘的背后
深深追寻
那年　山海犹在
那年　三生三世约定
那年　我行遍人世
去问寻你的踪迹
天地间　皆有你
那些年　我心生光明
那些年　我虔诚行走
投身在你的怀抱中
而后　永久地望向你……
和你一起　深爱人世……

行者

◎ 2022年10月26日

一粒雪
觉察了整个大地的融化
一个脚印
深刻了所有梦中的高原
我沿着前世的梵唱声行走
欲将尘世的梦中人唤醒
却坠入了更深的梦境
一阵风
觉察了心的摇动
一个念头
模糊五百次醒来
相遇和分开
成为时光前行的方式
一个你
装点了一整个人群的醒来
一个我
放开了每一片云的洁白
……
是此行者
期待未来　如同现在

孤独的船

◎ 2018年9月13日

每一个人
都是在一条暗夜的河上孤独行船
岸边是密布的矮林
与不知名的鸣叫声
只知道要去终点
却不知道何时才能到达
也许下一个转弯
也许还要像这样漂流很久
偶尔有一盏灯火在岸上
透过树林的一点点微光
到达星光的眸子
想象着温一壶茶　燃一盏灯
等一炷香烧完
又有一双闪亮的眸子坐在对面
抚弄一把传世的琴

一个人的站立

◎ 2022年10月26日

嘴角微笑

岩却是难登的

因这水流不在手中

顺流而下的境遇

辛苦和安逸同时撕扯着

却依旧放不下那无止境的起起伏伏

于是只剩回忆是充实的

回想踏上这条船之前

风尘苦旅　悲欢聚散

竟是忘不了的滋味

可如今

已经没有了沉湎烟火的滋味

独立于船上

不行于白昼　不行于世间

只在一个永恒流淌的夜

于河中

完成一个人的站立

去远行

◎ 2022年10月26日

如果没有一次远行
是让你走脱于自己的躯壳
将灵魂放归最无求的高原之巅
你很可能在那一刻之前
都以为自己
就是一个小小的生命
维持着快乐、平安、顺意
便足以成功
如果没有经历这世上最主动的对逆境的渴望
你可能一直困在思维和情绪的牢笼中
你突破不了身体的感觉
便无法明白它的本意
这个身体　具足了多少行为的能力
若不是让我们去成就使命
去热爱世界苍生
那么他又为何
如此强烈地要延续着
每一口呼吸和每一次黎明
若生活百般苦痛
愿人们使之成峰　无上敬仰、始至攀登

依靠

◎ 2022年10月26日

假如在你之前

我遇见了这个世界

我相信那将会是很大的遗憾

因为直到遇见了你

我才发现

这个世界并没有那么糟糕

所以　无论此生还是来生

我希望我永远走在你的身后

握着你的衣衫

踩着你的脚印

去看见每一个春夏秋冬

去遇见每一个人

去和每一个瞬间相逢、相遇

我不知道远处有什么风景

我也不知道脚下是什么样的土地

我只知道在我心里

唯有对你的依靠

成就了所有

若见

第六辑

2023—2024年

你·我

◎2023年1月1日

我最爱你

你也最爱你

所以我们分离

我忘了我

你也忘了我

所以我们山水相隔

……

我不能释怀

你也不能释怀

情或者怨

所以此生纠缠不清

……

我希望你是你

回归本来的样子

而不是此刻

你认为已经是你

……

风声

◎ 2023年2月7日

如果风吹过
你不该回头
回头时
眼泪飘到了背后
如果风吹过
你不该远走
远走时
故乡变得陈旧
如果风吹过
你不该沉默
沉默时
风声掩盖所有

鲸鱼之心

◎ 2023年3月11日

这一切过去
你在哪里
远处　有风多余
你喘着粗气
那结冰的睫毛
炉火中融化
掉进搪瓷杯里
幽暗中
拨亮火光
你咯咯地笑着
推开绿漆的大门
门外是幽蓝的海
海面已结冰
有很多手提灯笼的人
踏冰出海
亲爱的　你莫要跟着
他们是寻找鲸鱼之心的人
请你回到我的榻上
把那碗温酒饮了
盖上我的狼皮睡下
待到炉火渐渐暗了
月光
会把一切的梦送到你枕边
也包含那颗鲸鱼之心……

瞳生

◎ 2023年3月11日

吹肃离愁的风
月光和晨星
合手托着
故乡凛冽

一把火　烧着一把火
火焰中藏着预言
一双夜空下的眼
剑一般火中淬炼

赤色月下
无数魔鬼在取暖
时而欢呼
又或在哭

夜风忽地吹起
它们拥簇成火焰
避开瞳孔和莫须有的恐惧
喘息冰凉的夜空
如一缕烟……

吹肃离愁的风
脚步和烈酒
沉沉握着
心中炽热

一回生　只一回生在这里
足以把我对瞳孔的全部恐惧
炼化成剑
藏在故乡的鞘中……

心如花开

◎ 2023年3月11日

当梦境的窗口打开

春风一响

我从您的怀中醒来

当经过尘世的雪花落下

你轻轻拍

我从您的手心醒来

嗡……我要走过超越天际的海

嗡……我要唱诵每一颗星的名字

如果没有

请把我轻轻放下

在所有生命都会经过的路上

愿我成为一颗石头

看见所有花开

嗡……我愿遥望飘在刹那的海

嗡……我愿宿命朝向每一朵花开

渴　望

◎ 2023 年 4 月 18 日

海浪声让我听不见自己的
念头
转动的风车嗡嗡地响着
想往前走　怕打扰了觅食
的白鹭
所以我回头　走来时的路
一座岛装不下的灵魂
或许不是因为躁动
而是越孤独的人
越渴望出海

出离

© 2023年7月21日

海岸
在城市的霓虹中发光
脚印
在霓虹的海岸上暗淡
追着
生命似波浪里的月色
起伏
于我告别大陆的远心
该不忘记
一字一句学会的语言
该不忘记
一步一步到来的此刻
……
我把一生的行囊卸下
包括父母常唤的名字
我的脚陷入沙滩
泡着温热的海水
踩着细碎的石子
我沉湎于大地的接触
这就像从天而降的海
虽不舍星月
却仍旧飘荡在这世间
揉碎尘砂
爱恨浅埋

如去如来

◎ 2023 年 8 月 14 日

在所有人睡去的海岸醒来

掀开每一扇贝壳

寻找星光的残骸

在所有人离开的浊世徘徊

推开每一扇门窗

寻找未见的夕阳

最美的光景是不可见的

就像海那边的山

不属于海

拾起脚下的石子

扔进海洋

它在宇宙中激起的涟漪

抵达所有星辰

坦白人类

如去如来

皆为所爱

觉梦

◎ 2023 年 9 月 19 日

花开花落云去来
梦幻梦醒苦乐还
红尘嚣嚣流转心
有难有易却开怀
风中知风　梦中觉梦
难明心中何故来
星月在空念可轻
人纷纷　路重重
悲喜生灭皆入空

大 地

◎ 2023 年 8 月 29 日

是命运经过你

而不是你创造了命运

所以你无须

去追随什么

你安守原地

如同一棵蒲公英

在星辰风雨里

经历一切　忘记欢喜

……

大地　从来不是一种束缚

河流是自愿地归顺

再高的山峰也没有离开它

每一粒微尘都会化为花朵

所以大地

不是一种束缚

而是深爱众生的羁绊

秋天的云朵一到

它便目送所有众生

随风飘去……

越过红尘

◎ 2023 年 10 月 5 日

当天边
最后一抹霞光落下
我仍将怀着
赤色的眼神
眺望星河
当无论是梦
或是魅惑的意识
降临
我将仍驻于这红尘
以心化海
以愿为舟
横渡幽冥

不堕

◎2023年12月20日

我想要给无足轻重的人
一些重量
我割下去的血肉却无法
在他们身上生长
我无助于此
却如今亦轻飘随风
一朝成雨
一夕成阳

夜 思

◎ 2024 年 3 月 2 日

如同黎明即将到来

星星也将隐去

我熄灭窗前的灯火

独自坐着

思考自己的过失

是如此地无能为力

因为那些过失

已经成熟为我现在的思想

我只能凭借最后一点儿知觉

走过漫长的道路

如果它随时会被熄灭

我希望你能为我曾经的光辉命名

如同月亮叫月亮

萤火叫萤火

执念

◎ 2024年3月8日

人们都在庆祝焰火
却无人注意夜空的落寞
无数个希望叠加
成了一个巨大的失望
所以不要有执念
特别是想让时间停下
要知道时间的迫不得已
如你一般
既知生死
亦将过去
无所谓到达或是圆满
当下放下　当下得到
未来放下　未必会来

命运

◎ 2024年4月21日

在风暴之下

每一棵小树都在瑟瑟发抖

但没有一棵小树

逃离

那不是小树的力量

那是大地的不舍

……

在大地之上

每一颗石子都在逐渐碎裂

但没有一个石子

发出声响

那不是石子的无奈

是向星辰的朝圣

……

在暗夜之中

每一个生命都在褪色衰老

但没有一个众生

喊冤

那不是众生的包容

是对命运的尊敬